黒

自分が元気じゃないと誰かを元気にするのも
無理って分かりやすくていいと思う。

青

好きな人みんな
自転車で行ける距離に住んでたらいいのに。
嘘ついてたまたま通りかかるのに。

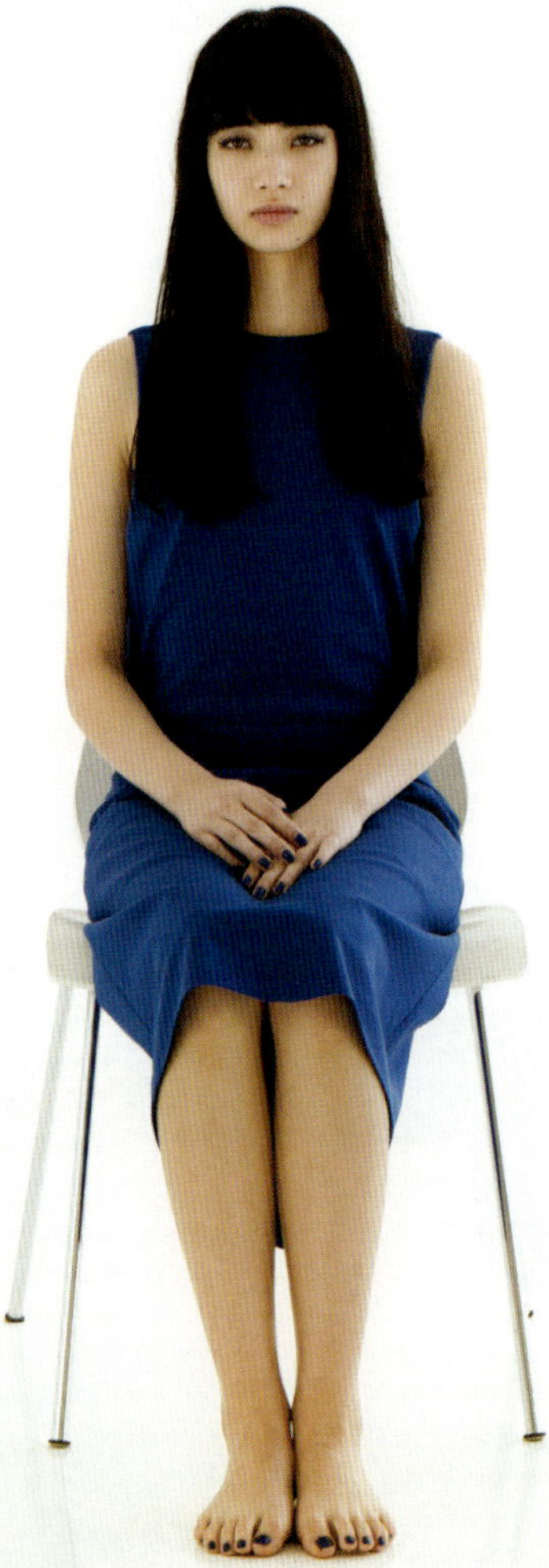

ホントは悲しいのに明るく振る舞って
周りに気を遣わせまいとする人から
順に幸せになれ。

光

「最近何かいいことあった?」に「今」と答えるの反則。

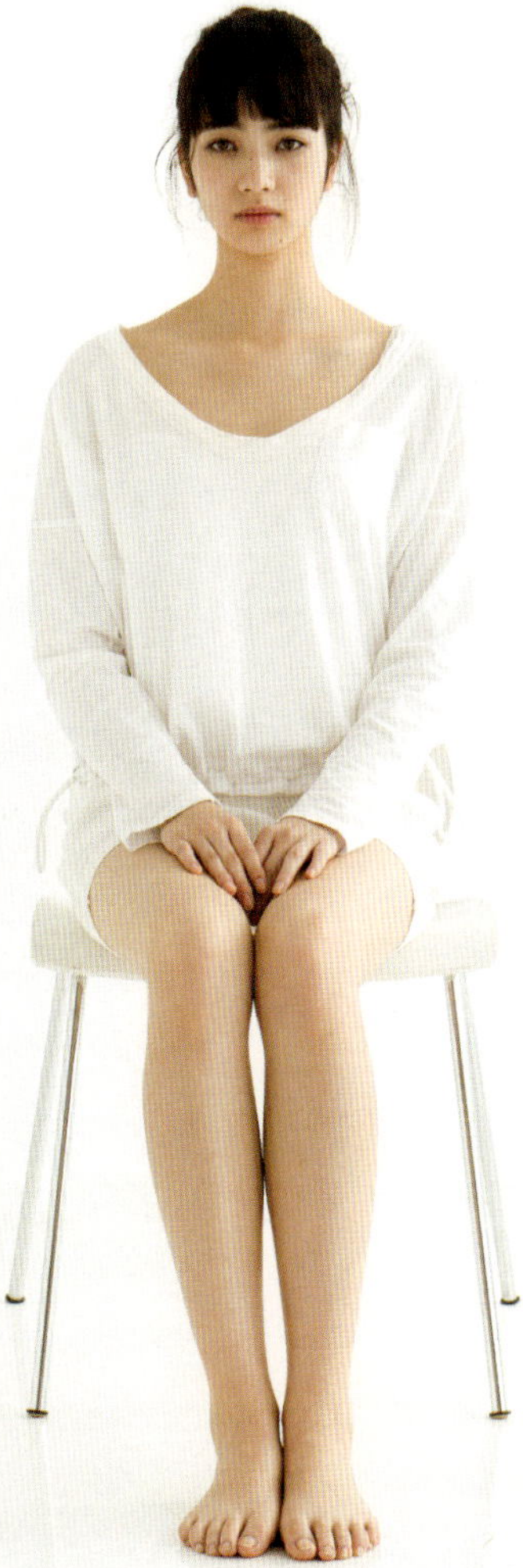

僕の隣で勝手に幸せになってください

蒼井ブルー

はじめまして、蒼井ブルーです。
人の写真を撮る仕事をしています。
かわいく撮ります。

青

好きな異性のタイプはやさしい人です。結婚したいです。
好きなデートは映画です。
いいシーンで手を握ろうとして、でもやっぱりやめたりします。
好きな人に作ってもらいたいごはんはカレーです。
おいしくいただいたあと
「洗い物は俺がやるからお茶でも飲んどいてよ」
などとカッコをつけたりします。
好きな音楽は誰かに会いたくなるようなやつです。
「次いつ会えるー?」と送信しますが返事が無い場合もあります。
好きなファッションは誰かに見せたくなるようなやつです。
「次いつ会えるー?」と送信しますが返事が無い場合もあります。
好きな匂いは誰かを思い出すようなやつです。
「次いつ会えるー?」と送信しますが返事が無い場合もあります。

黒

好きな色は青です。

空や海の色のくせに悲しみや憂うつの意味も持つからです。
好きな季節は春です。
別れもありますが出会いや旅立ちもあるからです。
好きな台詞は「僕の独り言が本になりました」です。
また春が来ます。僕の独り言が本になりました。

この本は、僕がこれまでに
Ｔｗｉｔｔｅｒ上で綴ってきた独り言の中から抜粋したものに
書き下ろしと写真を加え、４つの章にまとめて構成したものです。
各章にはそれぞれテーマカラーを設け、
黒の章、青の章、白の章、光の章としました。

終わりが無いかのような漆黒の闇夜にもやがて日は差し、世界は光に包まれます。
その経過を人の心になぞらえ、絶望にもやがて希望が、悲しみにもやがて喜びが訪れますように、と願いを込めて。
ツイートを「独り言」と表したのは、これが誰かに向けられたものではなく、
僕の自問自答であるところに依ります。いつかの、こんな独り言があります。

「元気が無い人に元気を出せと言うのは酷な気もするので、
思い出せと言うことにする。
元気を思い出してください。そこには、誰がいましたか」

あることで落ち込んでいた僕が、好きな人達と会うことで前向きな気持ちになれた際のものです。

人はいくつになっても迷い、立ち止まる生き物ですが、それでも僕は大丈夫です。

僕は問いかけます、どこへ行けばいいのだろう、と。

そしてまた独り言を吐きます、それがいつかの道標となるように。

僕の自問自答の日々が、この本を手に取ってくださった皆様の
お役に立てるとすればこれほどうれしいことはありません。

やがて日は差し、世界は光に包まれます。

僕は大丈夫です、僕らは大丈夫です。

二〇一五年三月　蒼井ブルー

CHAPTER3 白

CHAPTER4 光

CHAPTER1

黒

好きな人に「死なないで」と伝えました。
人の死を止められる力なんて
僕には無いけれど、
それでも、
死なないでと伝えました。
「どしたの急に？」なんて
不思議顔をした君が、
いつか急に死にたくなった時、
僕のこの不器用な顔が浮かべばいい。
好きだよ、死なないで。

世の中の理

才能があるにもかかわらずそれをみんなに見せようとしない人は一体何を出し渋っているんだろう。もしも自分の才能に気付いているなら一刻も早く見せないといけないし、まだ気付いていないならもっと一刻も早く見せないといけない。

おなかが空いてる時に大事なこと考えるのよくない。

「どこへ行くか」より「誰と行くか」みたいなところある。

器用に生きようとすることがもう既に不器用。

約束する時点でもう7割くらい楽しい。

「頑張る」は耐えるという意味になりがちだから「上手くやる」くらいがちょうどいいのかもしれない。

人生はなぜか大事な人から順にいなくなるようなので大事な人から順に会っておかなければならない。

得るのは大変なのに失うのは一瞬だったりして信用のこと全然信用できない。

思い出せない人のことはもう思い出さなくてもいい人ってことで。

目先の勝ち負けにこだわるタイプの勝負ごとなら絶対に負けちゃダメだけど、目先の勝ち負けにこだわらないタイプの勝負ごとなら続けることが勝ちだよ。

「大丈夫」は大丈夫じゃない人も言うから分かりにくい。

好きなみそ汁の具を訊いてくる女子はモテる。

目的が同じなら一緒に息してるだけで楽しい。

人前で夢みたいなことを語ると「また夢みたいなこと言って」などと怒られたり笑われたりするので語る際は夢みたいなことではなく夢そのものであることが好ましい。

足元ばかり見ていて、確かに転びはしないけど流れ星も見逃すみたいなところある。

「言葉だけでアレだけど、
応援してるから」
と言われて
泣きそうになったから
言葉だけでも応援は出来る。

人と同じじゃ嫌だという理由は人と同じっぽくて嫌。

自分に負けるのは本当にダサい。弱さに負けるのは本当にダサい。

情熱という言葉は用いるだけで燃やせているように錯覚して油断ならない。

叱るのが上手な人って「諭す」なんだよな。

あれだけ想っていたくせにいつ忘れたのかも思い出せなかったりする。

見つけることと同じくらい手放さないことは難しいから。

知ってきたいこと

僕らはもっと、傷には触れずさりげに励まそうとしてくる人のことを愛さなければならない。

才能のある人は素敵。その上謙虚な人は無敵。

目新しさの代わりが務まるのはきっと安心のようなものなんだろうけど、安心には沈殿するイメージがあって、こう、時々揺さぶってやらないといけない。

考えてもどうにもならない時は寝るに限る。

人のことは放っておいても勝手に好きになるけど
自分のことは簡単に好きになれないので、
繰り返し繰り返しいいところを見せないといけない。
頑張って頑張って見せないといけない。

楽しみはいつも少しだけ先にあるといい。遠いと待てないし、今だとすぐ過ぎる。

「次は自分の番だ！」みたいなの失くしたらダメ。

聞いた話をまとめると、人の相談に乗る際のコツは「話をよく聞く」「否定はしない」「アドバイスもしない」「そもそも解決しようとしない」「出来るだけ笑顔で」とのことでお地蔵さんは最強。

10代のモデルさんと比べても遜色のないお肌のアラサーメイクさん「女はお肌が10割」

寂しくなった時はごはんを食べるに限る。出来るだけあたたかいやつ。

ネット上での「すきです」は「こんばんは」くらいに思っておいた方がいい。

今日が終わって欲しくなくて寝ようとしないの、明日ごと終わるからやめた方がいい。

教わった話をまとめると「人は第一印象で敵か味方かを、自分にとって必要かそうでないかを無意識に判断しており、その所要時間はわずかに7秒である。ここで受けた判断を覆すのは並大抵のことではなく、良好な関係を築く一歩として、まずは最初の7秒に全力を傾けたい、略して笑顔」

同じ人と長く続いている友人に秘訣を訊いたら「これ、缶コーヒーのフタにも書いてあるんだけど、振らずにゆっくり」と返ってきた。

女子の言う「連れてって」は「おごって」なので男子達は十分注意してください。

いつか忘れてもいいから忘れないと言え。嘘になってもいいから忘れないと言え。

自分への投資を怠ると夢が痩せる。

大体のチャンスは一度っきりのくせに逃した後悔は何度も甦って切り付けてくるので胸が痛い訳です。

もう二度と会えないかもしれないと考えたら一度目大事すぎる。

自分には無いものを持っている人に惹かれる一方で自分の持っているものが受け入れてもらえないと分かりやすくガッカリするから結局感性の近い人がいいんだと思う。

死にたいって言うな。でも黙って死ぬな。

褒めた時に「うれしい」みたいに言う人「ありがとう」より好感度高い。

思ったこと

「心配かけたくない」が理由の人は心配。

自分が元気じゃないと誰かを元気にするのも無理って分かりやすくていいと思う。

婚約者に捨てられて死にたいと言っていた人が新しい恋人と仲良くやっていて「時間が解決する」は本当だなあと思う。

自分探しの旅って言葉なんとなく逃げのイメージがあるけど、本当に見つけて帰ってきた人にとっては大冒険だったんだろうな。勇気とかめっちゃ要りそうだし、きついこともたくさんあると思う。

簡単な言葉で伝える方が簡単なはずなのに難しい時があって「何て言うんだろ」みたいなのばかり言ってしまう。やめたい。

距離を詰めた方が楽しい人と距離を保った方が楽しい人がいて自分なりのものさしを持っておきたい。

夢や目標に向かって頑張っている人と接するの本当に楽しい。行き先が決まっている人はたとえ転んでも道を逸れることがなくて、歩みの速い遅いはあるにせよ、いつも前を向いているんだよな。

自分のことを認めてやれない人間が周りからは認めてもらいたいだなんて変なの。

ルックスや性格や肩書きなんかを箇条書きにするとバッチリなのに一緒にいるとどこか違う感じがしてくるの、相性の不一致ってことでいいのかな。最後の最後でそんな曖昧なものに頼って判断するのやっぱり変だ、気持ち悪い。でもちょっと気持ちいい。いややっぱり気持ち悪い。

**異性でも同性でも親密に付き合うなら
しっかりしている人がいいのだけど、
完璧というか、隙の無さすぎる人はちょっと疲れる。
どこかゆっくりな人というか、
部分的にバカな人というか、
隙のアリ具合を許せる人がいい。
許し合える人がいい。**

「『ウチでDVD観ない？』なんて回りくどい誘い方してないでハッキリ言えばいいのに。『しよ？』とか言えばいいのに」とのアドバイスを頂いたのだけど、そもそも「ウチでDVD観ない？」も結構勇気要るんですからね……

ちゃんとしてる感が滲み出ている人、とてもいいと思う。僕も丁寧に生きたい。

「人を幸せに出来る自信が無い」と言ったら
「人の幸せをお前が決めるな」
と返ってきてビールをおごるなどした。

個性ってどんな時に育つのかな。出会いの数だけそのチャンスがあるのならもっと色んな人に会わなきゃ、色んな場所へ行かなきゃ。

今よりよくなりたいみたいなの忘れたくないな。
強い気持ちはいつも大体空回りしてガッカリも大きいけど、
強く持ってないとすぐに忘れて人や自分に甘えるもん。

追いかけたら追いつけそうな人がモテるの分かる。手が届きそうにないと想像が広がらなくて楽しくないもん。

「人は人、自分は自分」を言い訳にしたくない。負けたくない。

落ち込むと
強くなりたい
だなんて思ったり
するけれど、
強くても
折れるから
しなやかがいい。

同じ内容でも誰が言ったかは大きいよね。気を許している人の言葉は入って来やすい。これって何なんだろ、前から触れるか横から触れるかの違いみたいなものなのかな。前から来ると握手で、横から来ると繋ぐで。

やりたいことを仕事に出来た人が「逃げ道が横や後ろにあるとは限らないよね。僕はラッキーだったと思う、前にあったんだから」と言っていて抱かれてもいいと思った。

「夢は見るものではなく叶えるもの」や
「奇跡は待つものではなく起こすもの」みたいな言葉じゃ動かないくせに
「じゃあそうやっていつまでもウジウジしてなよ」
みたいなのには反応して
「は？　つか余裕だし」
みたいにみなぎってくる人のこと嫌いじゃない。

メールの返信はすぐしちゃダメみたいな教えを実践してる人ってホントにいるのかな。反応がいい人の方が好感度高まる。

日々思うことはたくさんあるのになぜ何かの形で残しておかないのか自分でも全然意味分からないと思ったのだけど、面倒に尽きるのだった。ちゃんとしたい。

だらしないところがあっても全然構わないからどこか一つだけ尊敬させてもらいたい。それが、自分には出来ないことだったり持っていないものだったりすると尚いい。

我慢することに慣れてしまったら泣きたい時に泣けなくなるね。強いだなんて言われて更に加速。自分の気持ちすら置いてけぼりで、もう誰のための自分。

いっぱいになってる時って全部を自分でやろうとしてる時が多くてそらいっぱいになるわなあと思う。あとから思うので改善は出来ない。何度目でも出来ない、いっぱいで出来ない。

気付いたこと

ありがとうとごめんねが言えなかった時に叱ってくれる人は友達。

「長い付き合いになりそうだなあ」
とか思っても
「何か違う」みたいな理由で
あっさり終わったりするから
先のことはあまり考えなくていい
気がしてきた。

婚活サイトに登録するよりねこを飼って「見に来る？」の方が近道なのかもしれない。

人生の階段、何段かに一度とても高い段があって壁かと思う。上るというより壊すイメージ。

起こしてくれる人がいるの、数ある幸せの形の中でもかなり上位な方だと思う。


忙しいみたいな理由でやるべきことを後回しにしてるの、少し先の未来の自分から時間の前借りをしてるだけでどんどん苦しくなる。


人の悩みって単純に思える。無責任で居られるからなんだろうけど。大して余裕も無いくせに「どうしたいの、じゃあこうだね。大丈夫」だなんて言って、何これ、女々しい時の自分用に取っておきたい。相談に乗るの、たまにはいい。整理。

放置はダメ、依存もダメ。軽くても重くても飽きられる。恋愛体重むずかしい。

人の好きなところを見つける前に自分の好きなところを作らないと自信が持てず好意も伝えられず死ぬ。

「傲慢かもしれないけど」と前置きすると本音が言いやすくなるから気に入ってる。言葉は道具だから上手に使いたい。気持ちを伝える職人さんになりたい。

「欠点まで愛されたい」なんて思ったけど、自分の欠点を愛してあげるのって自分だ。

感傷は厄介だ、胸まで浸かっただけで溺れる。胸で呼吸するな、唇を使え。つまりは言葉を吐け、人と話せ。

人と人の間に温かい飲み物を置くだけで会話が始まるの面白い。おいしくてもおいしくなくても始まる。飲まなくても始まる。

Essay01

やさしい人の話

好きな異性のタイプの話になると、まず最初に挙げるくらいに僕はやさしい人のことが好きだ。やさしい人のかわいさはすごい。それだけでごはんを何杯でもいける。

例えば食堂で、僕が卵かけごはんを食べようと卵をかき混ぜていたとする。それを見たあなたが、目の前にあった醤油を手に取り、僕の側へ置いてくれたとする。ああ、たったこれだけのことで恋が走り出してもおかしくないくらいに「やさしい」はかわいい。のちに二人が結婚したとして、結婚記念日を迎える度に「あの時さ、醤油取ってくれてありがとな」と言うね？　来年も再来年もうれしそうにして言うね？

意識・無意識は別としても、人にやさしくするためには、その対象の行動の何手か先を読まなければならず、「やさしい」は受け手に届く前から始まっている。そしてそれは、出し手が投げたあとも受け手の中で続いていくのだ。

「好きな人にはやさしく出来て当たり前」という話がある。やさしくされて当たり前なほどに好かれていることを、さあ、喜ぼうじゃないか。

おすすめ

おしゃれな人、メールの最後に「おいしいごはん屋さんを手配しておきますね」みたいな一言を添えて来るし、これがもう前菜。

早起きして作業するのとても捗るし「自分えらい！」みたいに思えてきておすすめ。

日付が変わった瞬間に誕生日や記念日のお祝いを送信したりするのとてもいいと思う。

夢や企みを語り合える人が近くにいるのとてもよい。

忘れられるの寂しいからたまには連絡しよう。用も無いのに連絡してみたりしよう。起きた時におはようメールが届いていたらめっちゃうれしくないですか。寝る時に考えていた人からおはようメールが届いていたらめっちゃうれしくないですか。

「祝日も平日も関係ないさ。二人でいる今日を祝おう?」という台詞を思い付いたのですが、伝える相手がいないので使ってくれていいですよ（乾燥ひじきを水で戻しながら）

元気が無い人に元気を出せと言うのは酷な気もするので、思い出せと言うことにする。元気を思い出してください。そこには、誰がいましたか。

話したいことがたくさんあるから人と会う約束をしよう。一緒にごはんを食べたりもしよう、並んで写真を撮ったりもしよう。

心が貧しい日は彩りの豊かな食事を摂るのがよい。

「何してた？」に「勉強してた」と返すの好感度上がりそうだし積極的に使っていきたい。「ちょっと休憩」とかも送って、今は大丈夫だけど？　どした？　話す？　感も出してみよう。

誰かに認めてもらえるだけで自分も自分を認めてあげられるようになったりするから、まずは誰かに認めてもらえるよう頑張ったりしよう。

落ちてる人に対して「寝ろ」みたいに言うの、めんどくさいっていうのが無い訳じゃないけど、「時間が解決する」をカジュアルに言ってるだけだからね。その人たぶん思ってくれてるからね。

「顔を洗って出直せ」的な台詞を久しぶりに聞いたのだけど、これだとちょっと強めな印象で感じが悪いし、「顔を洗って出直せ、保湿もちゃんとしろ」くらいがいいのかなって。

「お茶するだけで楽しいなら何しても楽しいと思うんだけど、まずお茶誘ってみてもいいですか」という誘い方がとてもよかったから積極的に使っていく。

かわいいとかカッコいいとかだけじゃダメなのなんとなく分かってきた。たまにはアレ、胸が熱くなるようなとこ見せなきゃいけないんだよきっと。言葉だけでもダメなんだよ、見せなきゃいけないんだよ。

周りの人達みんな幸せになって欲しいと思うけど、余裕が無いと人の幸せまで願えなかったりするからまず自分が幸せになろう。

寂しがり屋、儲からないから早く閉店した方がいい。

一緒に食べたらもっとおいしくなるからごはんの約束をしよう。

生まれ変わりとか信じないから現世で全部伝えよう。

電車内で「女が褒めてって言ってんだから褒めとけばよくない?」「ホントそれ」という会話を始めた女子達が最終的には降りる駅を乗り過ごしてしまうほどカンカンになっていたから女が褒めてと言った時は褒めた方がいい。

人と一緒にいる時に「今が最高」と言われてじんわりうれしかったので、一緒にいる時には言ってあげるといいですよ。

啓発めいた言葉を並べると「何様」などと揶揄されることがあるが、そんなもの気にする必要はない。「自分に向けて言っています」と前置きするか。「独り言に付き合うお前が悪い」でもいい。

悲しい時に温めたら
またうれしくなって
頑張れるだろうから、
かけてもらった言葉を
冷凍庫に入れよう。
うれしいを保存しよう。

「思ったことがあったら言ってね」に咀嚼する時間を与えた「言いたくなったら言ってね」が気に入ってる。話し下手の人でも理路整然とする。伝わる。

思い出でおなかは満たせないから、早くごはんを食べなさい。涙で身体は洗えないから、早くお風呂に入りなさい。大丈夫だよ。

自分が元気じゃないと人に与えることなんて出来ないので僕はまずごはんを食べようと思います。あたたかいやつです。

思ったこと

いつも笑顔な人は「泣いてもいいよ」と言ったらすぐに泣きそう。

どんな時もブレない強いイメージの人が背中を丸めてぽつんと居ただけで「そうだよな、あの人にも色々あるよな」みたいに思った。勝手に思っただけだから本当はえっちな妄想とかをしていただけなのかもしれないけど。

子供の頃は寄り道すると怒られたけど大人になると時間やお金を使ってでも出来るだけ寄り道しようとしていて変な感じする。

いつもありがとうと思ってる人にいつもありがとうと伝えるの楽しい。どしたの急にとか言って変な顔する。楽しい。

安くてもおいしくて栄養のあるごはんはたくさんあるからちょっとくらいお金が無くても平気だけど、心が貧しいみたいなのはやだな。

何も言わなくていいから誰かに一緒にいて欲しい時があるけれど、もし本当に何も言わなかったら少し気持ち悪いだろうし、たまに肩の辺りを「ちょん」とするなどしていった方がいいのかもしれない。

「おはよう」「おはよう」や「おやすみ」「おやすみ」も最高だけど「ただいま」「おかえり」はやっぱり特別。

どれだけ好きだった人でも昔の恋人とはヨリが戻らない派なので、離れたりくっ付いたりを繰り返す人の気持ちが分からない。戻るとより強い絆が生まれるのかな、そしていつか家族になったり。楽しいかもしれない。

自分を犠牲にしてまで誰かのために頑張らなきゃならないの結構きついと思うけど、ひとりぼっちよりはマシなのかもしれない。

諦めそうになってる人に「諦めるな」みたいに言うの無責任な気がしていつも「どうしたい？」とか「どうなりたい？」になる。

画像のチョイスやレタッチは取りかかるまでが一番気が重い。割と逃げたい。やり始めるとサクサクいく。「お風呂入るのめんどくさい→やっと入る→気持ちいい最高」みたいなイメージ。

自分の何を覚えておいて欲しいかなと考えたけど、たくさんありすぎて面倒になって「全部」だなんて言って、全部を見せたことなんか無いくせにずるい。

高校生くらいの男子が「おやすみのキスってなんだよ。逆に寝れねえだろ」と言っていたのを思い出したのだけど僕も本当にそう思う。

ため息をつくと慌てて吸ってくれる人がやさしくて好きになってしまう。「幸せって逃げるんだよ」などと言って笑う。好きになってしまう。

美容師とかメイクとかスタイリストとか、人を美しくしてあげる職業がモテるのよく分かる。あとアレ、健やかにしてあげる人。医者とか看護師とか。あとは何だ、話をよく聞いてくれる人。これは間違いない。根拠なんか無いくせに「大丈夫だよ」とかすぐ言う。間違いない。

元気そうだと安心するけど、
別に自分が安心したいために
君の元気を願っている訳ではないので、
君は安心して元気でいてください。

人を相手に仕事をしているなら評価は自分ではなく他人がするものだということくらい分かっておけ、と自分に言い聞かせながらも「よくやった」くらいは思っていい。褒めるではなく労う感覚。よくやった、よくやってる。

自分だけつらいのは本当につらいけど、自分だけ幸せなのはそれほど悪いことでもなかったりするから、幸せになれる人はどんどん勝手になっていけばいいと思う。とりあえず周りは置いといて、まずは自分からなっていけばいいと思う。

慌ただしいはずの朝から髪をきれいにして来てる人ってちゃんとしてる感満載でいいなあと思う。

すきな人達が楽しそうにしてるの見てるだけで楽しい、笑う。

抱えている悩みや問題の中で
「勇気を出す」みたいなことだけで
進展や解決が見られるものって
どれかなと考えたら、
頭の中ちょっとスッキリした。

朝から思い詰めている人を見かけると心配になるけれど、
単に夜が終わっていないだけなのかもしれないと思った。
おやすみを言う人がいればいい。

無表情は無感情に非ず。考えているんです、僕達だって胸の中ぎゅーってなりながら考えているんです。

頑張りは
必ず誰かが見ていてくれる
らしいのだけど、
誰も何も言って来ない
ことから考えるに
そもそも
頑張りが足りないか、
あるいは
こっそり頑張って
しまっているかである。

**嫌なことを思い出してしまった時に
思い出すいいことを持っていたい。
言葉やできごとじゃなくてもいい。
顔や声ならうれしい。**

勝負に負けるのは嫌だしそれに慣れてしまうのはもっと嫌だけど、負けて悲しんでいる人に「負けてもいいんだよ」と言えたので、負けたことがある自分でよかったと思った。

転ばない歩き方もいいけれど、起き上がり方ならもっと知りたい。気を付けて歩いたってどうせまた転ぶ。痛いのはこれが初めてじゃないし、また歩こうと思えるなら平気。転んで泣いてもうダメだって思って、ふてくされて寝そべっていたら空が青かったとか、そういうのがいい。砂を払おう、歩いて行ける。

どれだけ気を付けていても人間はかぜをひくのだし、頭の中や胸の内が健やかでないこともその程度に思えたらいいのになあと思う、寝たら治るみたいに。

「一日会えるだけでいい」的な考えは実際に一日会えると一瞬で覆るから注意が必要。

もしも自分を救えるのは自分しかいないとしたら「やってやろう」みたいな気持ちになりそうだから自分を救えるのは自分しかいないってことでいいと思う。そうだよ、やってやろう。

君の「だいきらい」は会いたいに聴こえる。

大失恋が待っていようとも大恋愛をしよう。

言葉だけでも美しくありたい。

「バイバイ」より「またね」「ごめんね」より「ありがと」「あたしも」より「すき」

「いい感じ」より「幸せ」って言おう。

「迷ったら苦しい道を行け」という教えは既に苦しいですし、元気になれたら自分で決められますので、決めたいですので、「ごはん行こう」くらいがちょうどありがたいのです。うれしいのです。

別れは訪れるもの。だからもう泣かないで。出会いは引き寄せるもの。だからまた、きっと会える。

Essay02

タイミングの話

【タイミング】を辞書で引くと「ある物事をするのに最も適した時機・瞬間」とある。その時僕は、タイミングがよかった。

彼女は高嶺の花を絵に描いたような人で、僕のような貧相な男が簡単に付き合えるタイプではなかったのだけど、初めて会ったその日から、僕は彼女の好意を確かに感じ取ることが出来た。そう、彼女の方から交際を切り出すくらいに。

僕らは恋をした。

付き合い始めて数ヶ月ののち、僕は謎を解こうとする。高嶺の花が貧相な男と恋をした理由についてだ。

彼女はある人との関係を語り、大好きで、長く付き合い、そしてひどくフラれたのだと言った。その直後に僕と出会い、すぐに惹かれ、当時は悲しくて仕方なかったが、今となってはあの時フラれてよかったと思うと言った。

僕じゃなくてもよかったのかもしれない。

きれいで、やさしくて、夢があって、才能があって、まっすぐで、涙もろくて、僕と出会って、元気になれた人。

その時僕は、タイミングがよかった。その時僕らは、タイミングがよかった。

気付いたこと

なりたい人になるまで終われないからまだ終われないということだ。分かりやすくていい。

顔を上げなければ星空に願うことすら出来ないじゃないか。

ハグも頭ぽんぽんも自分で出来るけどキスだけは無理なのでキスはすごい。

「実りそうにない恋愛でも何も無いよりか全然いいじゃん」みたいな話になってみんな頷いてた。何も無いのって寂しいもんね。傷付くのは嫌だけど、何も無いのも同じくらい嫌。

自分以外に自分のことをまじめに考えてくれる人がいるの安心する。

プレゼントに手紙を添える人は信用できる。

会いたい人がたくさんいるの幸せ。

「僕の隣で勝手に幸せになってください」くらいがちょうどいいのかもしれない。

贅沢な遊びって何？　という話になり旅行や豪華な食事などが挙げられていく中で一人が「長電話」とつぶやいて言えてると思った。

色々と大変だった仕事を終えたあと「大変だったね」と言われただけで泣きそうになったから人には労いが必要。

笑わせようとしてくれる人が周りにいるの幸せ。

「そんなカッサカサの唇で言われても全然説得力無いから！」と言われてリップクリーム買った。冬だ。

上には必ず上がいるから負けることはそれほど恥ずかしいことじゃないけれど、自分に負けるのは甘えで救いが無い。

信頼関係にある人との間でも嘘はある。何もかもをさらけ出して付き合うのは疲れるから、正直さは程々でいいと思ってる。ただ、誠実さは別。ここは求めたいし、応えたいとも思う。

身近な人への尊敬を忘れるのやめたい。
自分の持ち物のように
錯覚するのやめたい。

感謝の気持ちを忘れたらダメだな。もらったものは返さないとな。表さないとな。

泣かないでと言ったり泣いていいよと言ったり、どっちなんだよって話なんだけど、泣かないでが「泣かなくても大丈夫」で、泣いていいよが「泣いて大丈夫になろう」なら使い分けられる。使い分けてあげられる。

弱った時ほど会いたくなるから弱るタイミングが違う人がいい。救ってもらえそうだし救ってあげられそう。支え合ってる感がちょっとうれしかったり。いいな。

同僚女子に理想のタイプを訊いたら「寒い日のココアみたいな人」とのことだった。分かる。

自分は自分だと分かっていても誰かになりたくなる瞬間があって、そういう時は心がとても安定している時かとても不安定な時かのどちらかであることが多い。安定している時は「こんな風になりたい」で向上心が手に取れる。不安定な時は「アイツはいいよな」で逃避だ。逃げたくない。

会えなくても会いたいくらいは知っておきたいから会いたいは言っていい。

お守りをくれる人の存在がお守り。

誰かに会いたくなる曲はもう全部名曲ってことでいいと思う。

好きな人の「もしもし」は名言。

素敵

恋多きモデルさんがひと夏の恋のことを「サマーソニック」と言ってたのとてもよかった。音速で駆け抜けるらしい。よい。

仕事でご一緒した紳士に「お前さ、せっかく男に生まれたんだからたまには女に花の一つでも贈ったりしろよ」と言われたの妙によかった。花の一つでも贈ったりする。

電車で隣に立っている女子、吊り革を持つ手の甲にペンで「おとん誕プレ」と書かれていて、この時点で抱きしめたいし、もう一方の手には大きめのユニクロの袋を持っていて、おとんに贈るダウン的な物だと考えたら心まであたたかいし、おとんの子育て間違ってなかったし、結婚してないけど娘欲しいし。

CHAPTER 2

声

泣いている人に「泣かないで」
と声をかけると更に泣く。
人は泣く、悲しみに泣く。
人は泣く、やさしさに泣く。
泣き止んだのち
「ごめんね」か「ありがとう」
を言うはずの君に、僕は、
生涯最高の「いいよ」を用意しておきたい。
人は泣く、いくつになっても泣く。
いいよ、それでいいんだよ。

願望

自分のことを後回しにしてまで人にやさしくするような人にこの世の全ての幸せが降り注いで欲しい。

どこからがセクハラなのかあらかじめ言っておいてもらえると助かりますよね。

子供って何やるにしても「見ててね！」ばっか言うイメージがあるけど、なんだよ大人だってそうじゃんか、十分面倒じゃんか、みたいな自覚、大いにあり。見守ってくれ頼む。

好きなものが一緒だと距離が近くなった気がしてうれしいのでどんどん教えて欲しい。

女子ってちょっと見ない間にかわいくなったり
大人っぽくなったりするじゃないですか?
そんな時はちゃんと褒めますから、もしも男子がちょっと見ない間に
おなかが出たり(かわいい)ハゲたり(大人っぽい)した時は、
抱きしめてあげて欲しいんですよ。
大丈夫だよって言ってあげて欲しいんですよ。

人生の春が来た人に「あたたかいですか?」と質問して「花が咲くくらいに」と返ってきていい話って思いたい。

僕も誰かの太陽になりたい。無理なら
LEDくらいでもいいし、最悪ハゲて照らす。

これでもう最後なのに明日も会えるみたいに軽く手を振って別れたりしたい。

うれしいことがあった時に一番最初に教えてもらったりしたい。

もし君に何かいいことがあった時、一番最初に知らせたい人でありたいと思うんだよ。

誰かの人生を歩むことは出来ないけれど誰かと人生を歩むことは出来るから結婚したい。

相手が不機嫌な時の対処法ってよく分からなくて、結果的にもっと不機嫌にさせてしまったりするから、あらかじめ好きなものとか楽しくなることとか100個くらい教えておいて欲しい。

すきな人から欲しい物を訊かれた際「手紙」と答えるような人にこの世の全ての幸せが降り注いで欲しい。

値引きシールを貼るのでそろそろ手に取られたい。

好きな人みんな自転車で行ける距離に住んでたらいいのに。嘘ついてたまたま通りかかるのに。

飽きたという理由で捨てられるの立ち直れないので、せめて「おなかいっぱい」みたいにかわいく言って欲しい。無理ならどうか捨てないで欲しい。

過去は美しくなる一方で勝てる気がしないため、思い出の中の誰かと比べるのはやめていただきたい。

好きだった人に似ていたからという理由で始まってもいいけれど、好きだった人とは違うからという理由で終わるのはアレなのだよ、それはね、とてもアレなことなのだよ。

人に期待してもガッカリすることが多いから自分に期待したい。ロト6とかも買いたい。

大事なことを言う時って照れがちで、ちゃんと顔を見られなかったりするから、パーティーグッズコーナーで売ってる大仏のマスクとか被っていいことにして欲しい。

涙腺にトイレの水洗ハンドルみたいなの付けてコントロールしたい。大と小があって、うれしい時は大にする。心が洗われる。

ギャップな一面を知るのもいいけど、イメージ通りな一面を知るのも同じくらいいい。

僕がもしバンドマンだったらライブに好きな人を招待して「じゃあ今日最後の曲です。大切な人に捧げます、聴いてください（ちょっと間を置く）『太っても愛すからハゲても愛してくれ頼む』」とか言いたい。

言葉じゃどうにもならない時の言葉が欲しい。

細かいところまで気が付いていてというか、
しっかり見て評価してくれる人ありがたい。
もうちょっとやってみようみたいな気持ちになって向上心湧く。

一緒に笑った思い出も大きいけど、
一緒に泣いた思い出はもっと大きいと思うから、
何かを一緒に成し遂げて泣いたりしたい、力を合わせたりしたい。

自分でも忘れてしまっているようなことを
覚えていてもらえるのうれしい。

最高の笑顔でおはようを言ってくる人って朝ごはん何食べてるんだろう、見習いたい。

家具屋さんでソファーを選んでいる女子の後ろにこっそり立って彼氏のフリをしたい。

死ぬ時はふわっと眠気が来たみたいなのがいい。落ちる間際に好きな声が「明日の朝はパンがいい？　ごはんがいい？」と訊いて「任す」なんて返す。あとのことも任す。ごめんねと言ったら怒るだろうからありがとうにする。

「パジャマ、これ使ってくれていいから」とやさしい一面を覗かせながら面積の狭い水着を渡したい。

寝言で名前を呼ばれて明日も頑張れたりしたい。

頑張れる理由になれたりしたら
頑張れる気がするから
頑張れる理由にならせていただきたい。

Essay03

待つことの話

「見つめる鍋は煮え立たない」ということわざがある。まだかな、と鍋のフタを開けてばかりいては煮えるものも煮えないし、何か別のことでもして待っていた方が早くて楽だよ、といった教え。待つことが上手になれたら待たされることも苦ではなくなる。

待つという行為にはポジティブなものとネガティブなものの両方のイメージがあって、前者を一言で表すのなら、期待。もしも僕が女子だったとしたら、彼氏とのごはんの待ち合わせに早く着き、「ごはん楽しみ。期待で胸がGカップです。実際はAだけど」と送信する。「もうすぐ着く。あとAが好きです」と返信があり、「大好き」と返す。

後者は何だろう、停滞とか、たぶんそういった類。「ごはん楽しみ。期待で胸がGカップです。実際はAだけど」と送信する。「ごめん今起きた」と返信があり、「死ね」と返す。何をして待とうか。私は、じゃがいもとにんじんと玉ねぎとお肉とルーを買い、彼氏の家へ向かう。チャイムを鳴らし、出迎える寝起き顔に「カレーでいい？」と訊く。「ごめん。あと好きです」と返事があり、「大好き」と返す。

待つことが上手になれたら待たされることも苦ではなくなる。「ね、お皿出して。鍋が煮えたよ」

お願い

元気がない時にやさしくされたら好きになってしまうと思うし、元気がある時にやさしくされても好きになってしまうと思うのでいつでもお願いします。

湯たんぽの代わりくらいにはなれますので宜しくお願いします。

心細い時に「一人じゃないよ」と言ってもらえたら好きになってしまうと思うし、心細くない時に「一人じゃないよ」と言ってもらえても好きになってしまうと思うのでいつでもお願いします。

ナチュラルに車道側を歩きますので宜しくお願いします。

落ち込んでいる時に「大丈夫だよ」と言ってもらえたら好きになってしまうと思うし、落ち込んでいない時に「大丈夫だよ」と言ってもらえても好きになってしまうと思うのでいつでもお願いします。

次の約束があると明るく生きていける気がするので宜しくお願いします。

泣いてしまいそうな時に「泣いてもいいんだよ」と言われたら好きになってしまうと思うし、泣いてしまいそうではない時に「泣いてもいいんだよ」と言われても好きになってしまうと思うのでいつでもお願いします。

手があいている人は抱きしめてくれていいんですよ。

泣いている時に抱きしめられたら好きになってしまうと思うし、泣いていない時に抱きしめられても好きになってしまうと思うのでいつでもお願いします。

僕の好きな人と仲良くしないでください。

頑張りが必要な時に「応援してるからね」と言われたら好きになってしまうと思うし、頑張りが必要じゃない時に「応援してるからね」と言われても好きになってしまうと思うのでいつでもお願いします。

じゃあねはやめてください
出来ればまたねって言ってください
笑って言ってください。

かぜをひいている時にごはんを作りに来てもらえたら好きになってしまうと思うし、かぜをひいていない時にごはんを作りに来てもらえても好きになってしまうと思うのでいつでもお願いします。

「今日会えてよかった。明日からまた頑張れる、ありがとね」みたいなこと言われたらこっちも頑張れると思うので会えた人はどんどんお願いします。

何をやらせてもよく出来る人のダメな一面を見ると安心してちょっと好きになったりするので二面と三面もお願いします。

アドバイス的なものは要らないから話を聞いてくれるだけの人欲しい。たまに「えらいね」とか「お前は悪くない」とか言って欲しい。

ハグをされるとストレスが軽減されると聞いています。前からでも後ろからでも大丈夫です、宜しくお願いします。

素直な人はその分きっと傷付きやすくて損することもあるかと思うけど、僕はそんな人のことが大好きだし、まあ何と言うか、どうぞいつまでもそのままでいてください。

気付いたこと

寝ても治らないことは誰かに話すと楽。
話す相手がいない時は文字にすると楽。
「またね」を守れない大人になってしまったから
約束を辞書で引こう。

上には上がいるから負けることはそれほどカッコ悪いことでもないのだけれど、負けることに慣れてしまうのはちょっともうどうしようも無くて、自分を責めようにもまず負けたことに気が付くところから始めなければならず、ハー（ため息）なのである。ハー（ため息）なのである。

退屈だと眠くなるけど安心でも眠くなるから安心は実は退屈なことなのかもしれないし、そういうものの大切さは大体が失ってから気が付くタイプのもので、もうなんか「あーあ」ってなる。

人は逆境をバネに出来る生き物だから、気になっていた人をごはんに誘って「じゃあ今度みんなで行きましょう」と返ってきても全然大丈夫です。

人にものを教えるのって難しいな。知識と同時に興味も与えなきゃならない。

僕のことだけ見ておいて欲しいとか、本当はそういうことを言いたいんです。本人には言えないからです。

大人になって知ったのは、弱さは隠せるようになるだけで、強い訳じゃないということ。

人の話より面白いものまだ見つかってない気がする。僕ももっと話そうと思う。自分を表していこうと思う。

自分から嫌われようとする人のことを不器用だと思ったけど「これ以上傷付かないようにするため」と聞いて器用だと思った。

大切な人と同じ涙を流した時、忘れないと言え。泣き顔を見ることも見られることもつらくて、それでも忘れないと言え。声に出して言え、言葉として贈れ、たとえいつか忘れてしまおうとも忘れないと言え。君の涙を忘れないと言え。

人恋しいと自分恋しいがある。人恋しいは何も考えたくない時が多く、逃げや甘えなのだなあと思う。自分恋しいは考えたい時が多く、攻めや抗いなのだなあと思う。

片思いが思うほど両思いは安定していない。

物事を斜めから見る癖が付くと本質を見失う。好きな人の顔を見てみろ、向き合って見てみろ。どうだ、愛しいか。「寂しい」には気付いたか。

涙も節約できるといい。

泣いたらなんとなくスッキリするから、泣ける内はまだマシなのかもしれない。

例えば2月14日以外にもらったチョコレートにお返しをする発想がないからモテないんだろうお前は。

会いたいを貯金しても貧しくなるだけじゃないか。

信じて欲しければお前がまず信じろ、みたいなのホントつまんないな。嘘つかれたことないのかな。傷付くのが怖いんだよ。

尻がキュッと上がっている女性を前に、男性が覚えるある種の高揚を「尻上がりによくなる」とは言わない。

「自分らしさを忘れずに」と言われてそうだよなと思ったけど、よく考えたら自分の自分らしさが何なのか分からないし、忘れる以前に得てすらいない可能性がある。

もしも髪の色が空のような青だったら白髪は雲で年を取るのも悪くなくなる。

悲しい時に暗い曲を聴きたくなることはあるけど、悲しい時に暗いやつに会いたくなることはないのちょっと不思議。

周りの人達がみんな強く生きていて励みになる。くよくよなんかしていたらあっさり置いて行ってしまうような彼らでよかったなあと思う。走る。

時間とお金はいつの間にか無くなっていたりするけれど、全部自分で使ったに違いないので自分を責めよう。部屋の隅で三角になったりしよう。

やりたいことを仕事に出来なくても趣味としてずっと愛していく人は本当に素敵。

ちゃんと始まったのならちゃんと終わろう。

楽しい想像

理想のタイプの人と付き合えることになりその人も僕を好きだと言ってくれて楽しい日々が始まると思ったけど、その人がチョコスティックパンしか食べられない人で結局別れた夢を見た。チョコスティックパンを持ってピクニックに行ったことが一番の思い出だった。ごめんねと言って二人で泣いた。おはよう。

お金が無くて
安いごはんしか行けなかったけど
「一緒に食べたら何でもごちそうだもん（笑顔）」
と言われて泣きたい。

このあとどうしよっか的な雰囲気になった時に「ウチ来る?」とプリントされたTシャツに着替えて無視されたい。

直接的に誘うのが恥ずかしくて「こちらには君の好きな具を米粒にねじ込む用意がある」と言ってみたものの「ピクニック行く?」と真正面から返されて「はい//」みたいになりたい。

メガネやサングラスの売り場で「ちょっとコレかけてみて」となって似合うとか似合わないとか言い合ってウケ狙いの物をかけて笑い合ってじゃあ二人でコレかけたまま撮ろうよとなってインカメを起動してイエーイみたいな顔をするけど内心やばいよ近いよドキドキだよ的なやつ興味あります。

好きな漫画を貸し借りし合ってる内に気が付いたら結婚してたい。

恋人とケンカになり気まずい雰囲気の中で一つの布団に入って眠ろうとするもなかなか寝付けず背中越しで「寝た？」「起きてる」「なんか寝れそうにない」「あたしも」「……ごめんな」「ううん、ごめんね」とやってじんわり泣けてきて翌朝今シーズン最高の笑顔でおはようを言い合いたい。

ドラマでよくある「大事なことを言って振り返ったら相手が寝ていて聞こえていなかった」みたいなのやりたい。「好きなおでんの具なに？　俺は厚揚げって、何だ寝たのか」と自分の上着を掛けてあげて、気が付いたら僕も寝ていて、「上着ありがと。あたしも厚揚げ」という置き手紙を見つけて恋に落ちたい。

目が覚めるとすきな人が僕を覗き込みながら「険しい顔してたけどこわい夢でも見た？もうすぐごはん出来るよ。あ、さっき荷物届いてた。ピンポン鳴ったから勝手に出ちゃったけど、ハンコの場所が分からなくてサインしたよ。お嫁さんだと思われたかな？　えへへ」と言って素敵な日曜日が始まると思いたい。

会えた時のために初笑いを取っておいたと言われてじんわりと初泣きしたい。

「ね、ささやかな幸せってあるよね」「あるね」「信号が全部青とかさ、電車がちょうど来たとかさ、ピース出そうになるよね」「なるね」「でも全部思い通りにいったらさ、何て言うか、幸せのこと舐めちゃいそうだよね」「舐めちゃいそうだね」「……」「……」「あたしのこと好き？」「大好き」

キッチンからの物音で目が覚め、そうだ、昨日から一緒に住み始めたんだっけと身体を起こし、でもアレ、いくら一緒とはいっても最低限のデリカシーはあって、鏡を覗き、寝癖に手をやり、笑顔を作っておはようを言いたい。

「顔に何か付いてない？」と訊いたら「かわいい目とかわいい鼻と奪いたい唇が付いてる」と言われて始まったりしたい。

初めて二人で遊んでとても楽しかったのに「ね、これってデート?」と訊かれて「え?じゃないの?」と返して以降急に沈黙になり、ああ、これは脈なしだなあと悲しい気持ちになっていたら「じゃあスカートにしたらよかった(笑顔)」と言ってきて始まりたい。

自分から甘えるのが苦手な子が布団の中でもぞもぞと手を繋いできて世界が二人のものになりたい。

「おみやげ何がいい?」と訊いたら「おしゃれなキーホルダー」と言うのでここはセンスの見せどころと張り切って選んで帰ったら合い鍵を付けて「はい」って渡し返されたい。

「ね、朝に飲むコーンポタージュっておいしいよね」「おいしいね」「寝起きってさ、顔とか頭とか死んじゃってるけど、飲んだらポカポカしてきて生き返るよね」「生き返るね」「まあアレ、元々死んではなかったんだけど」「死んではなかったね」「……」「……」「あたしのこと好き?」「大好き」

帰り道の途中で「あ、もしもし、あたしです、さっきはありがとね。いま大丈夫？　あのね、えっと、あれ、何だっけ、声聴いたら忘れちゃった、うふふ。じゃなくて！　えーっと、あのですね、つまり何と言いますか、よし、ちゃんと言う！　好きになってしまいました！」と電話があってUターンしたい。

別れる別れないのケンカの最中にズボンがずり落ちて笑い転げて仲直りしたい。

「俺達ずっと一緒だから」「ずっとはやだ」「え？」「曖昧な感じがやだ」「何だよ曖昧って」「だってずっとなんて言葉超曖昧じゃん」「じゃあ健やかなる時も病める時も富める時も貧しき時も幸福の時も災いの時も順境の時も逆境の時も愛し敬い支え歩み死が二人を分かつまで一緒だから」「うん」「うん」

妄想は無料なのでとても助かる。ポジティブシンキングとも言う、助かる。

納期

君を守りたい（納期）
冷たくしてもめげずに追いかけて来てかわいい（納期）
眠れない夜、君のせいだよ（納期）
君のこと、守るからね（納期）

納期が鬼すぎて犬と猿とキジが必要。
納期を守れないやつは誰のことも守れない（鏡に向かって）

納期「俺を倒してから行け」

Essay04

人生はドラマの話

「人生はドラマ」だと言われたら、まあ、そうだなあとは思う。ただ、同じことの繰り返しになりがちな日々に、それを実感する機会は少ない。

恋に夢見がちマンとしては、断然出会いにドラマを求めたいのだけど、僕には、本屋や図書館で同じ本を手に取ろうとしたことから始まるそれは起きないと思う。起きたとしてもSNSの類に「本取ろうとしたら知らないやつが横取りしてきてキモい笑」と投稿されて終わりだろう。夢見がちな上にキモくて申し訳ないと思う。

一方で、別れにはドラマが起こりやすい。目に涙を溜めながら「今までありがとね、元気でね」と言われたら、たとえその女の浮気が原因で別れるハメになった最低案件だったとしても、僕はじんわりときてしまう自信がある。

結婚や出産は分かりやすい。そうか、一生に一度かもしれないことは、もう全部そういうことでいいのだ。いや、それなら、一生に一度の今日という日の連続は激動のドラマじゃないか。

人生のドラマはいつも起こっていて、それに気が付かない日、僕らはまるで通行人Aのような顔でいるのだろう。

CHAPTER 3

白

死にたい夜に
長電話してくれる相手がいれば
その分長生き出来るので、
僕はそんな人を見つけようと思います。
とてもよい考えです、
一人ではすぐに死んでしまいそうだからです。
ちゃんとした大人でもです、
ちゃんとした大人ほどです。

すき

笑顔でおはようを言ってくる人、めっちゃ癒される。僕がもし石油王だったらポケットに
無理やり5万円ねじ込んだりしたい。

指がきれいな人がすきだけど、字がきれいな人はもっとすきだから、
後天的な才能により惹かれるのかもしれない。
がんばったで賞とかあげたい。

最後に「おやすみなさい」って書いてあるメールすき。安心する。

感情から表情への受け渡しにロスが少ない人って太陽みたい。すき。

人にお礼を言ったり言われたりするの好きだけど、目にいっぱい涙を溜めてなのに顔は精一杯笑って「ありがとう」みたいなのはたまにでいいです。特別な日にだけでいいです、特別な人とだけでいいです。

お返しの精神を持ってる人すき。大人。

僕の周りには、無くても死なないけどあるとほんの少し豊かな気持ちになれます、みたいなものをそれこそ死ぬ気で作っている人達がいて、バカだなって思うんです。好きだよって思うんです。

地位や才能があるのに謙虚な人すきすぎる。すれ違いざまにポケットにキットカット入れてあげたりしたい。

「会えたら話したいこと全部忘れちゃった！　すき！」ならかわいいし、たぶん全部伝わる。僕もすきだって思う。

よく笑う人がすき。人を笑わせようとする人はもっとすき。

自分でも気が付かないような自分のいいところを見つけてくれる人なんなの、すき。

いいことがあったとき自分のことのように喜んでくれる人すきすぎる。

駆け戻ってまでありがとうを言われたら頬骨が砕けるまでぐりぐりしたくなる。かわいらしい人がすき。

ちゃんとしてる人がすきなのに
自分がちゃんとしてないとかずるい。
ずるい人はもうアレです、今日のアイス無しです。

あることで
悩んでいた友人が
「迷った時は
裸の自分になって
考えるのがいいよ」
と言われて
お風呂に入った
話が
とてもすき。

悲しそうにしていたので手を差し伸べたら目にいっぱいの涙を溜めながらチョキを出してくるような人がすきです。宜しくお願いします。

君の過去以外全部すきだよ。

笑うと目が無くなる人どしたの、すき。

落ち込んで体育座りをしていたら何も言わず背中を合わせて体育座りしてくるような人がすきです。宜しくお願いします。

褒めたら「えへへ」みたいな顔する人なんなの、すき。

誰も見ていなくてもごちそうさまを言う人、アリか無しかで言うと結婚したい。

Essay05

沸点の話

水に沸点があるように、僕らの胸にもそれはある。ささいなことでもすぐにキレてしまうような人とはなかなか上手くやれないのだけど、笑いの沸点は低ければ低いほどいい。何をしても何を言っても笑ってくれる人、天使なのではとまじめに思う。ここへ舞い降りてくれてありがとう、僕も笑う。

ある時好きになった人は笑いと涙の両方の沸点が低く、よく笑いよく泣く、感情のとても忙しい人だった。さっきまでニコニコしていたはずが、ふと目をやると音も立てずぽろぽろと泣いているので、こちらはもうおろおろとするしかないのだけど、理由を訊くと「うれしくて」などであったりして、え？　たったそのくらいのことで泣いてうれしがるとか？ピュアな人かわいい最高！　とハイになる一方、薄汚れた大人になってしまった自分を責めたりもしたものである。

やかんから湯気が立ち上がる、お湯が沸いた。うれしい味のコーヒーをいれよう、悲しい味の紅茶もいれよう。僕らはもっと話をしよう、笑ったり泣いたりの話をしよう。

水に沸点があるように、僕らの胸にもそれはある。

思ったこと

物事が上手くいかなかった時に「そう来なくっちゃ（ニヤリ）」的なリアクションする人ってドMなのかな。僕はどんどん上手くいきたいしどんどん次へ行きたいから「チッ‼‼‼」って思う。どんどん行きたい。

空回りしてる時って何も入ってない引き出しを何も入ってないと知りつつ開けたり閉めたりしてる感じある。

かわいいよりかわいげの方が正義っぽい。

イントロが始まった瞬間に「おお！　この曲すきな感じ！」と思ったのにサビまで来て「なんか違った」みたいになることよくある。大体そんな感じでフラれる。

まだ若いのに夢を叶えた人のこと尊敬する。もう若くないのに夢を叶えようとしている人のこと尊敬する。

同性からも愛される人は特別。

ごはんを作ってあげる時、照れ隠し的に「一人分作るのも二人分作るのも同じだから」とか言ってしまうのとてもいいと思う。

ケンカにならない人と仲直りが上手な人がいたらどっちを選ぶかなと考えたけど、相手をしてくれる人がいるだけで幸せなことなのだった。

「トマトに塩をかければサラダになる」みたいなの好き。変われると思いたいじゃないですか、やれば出来ると思いたいじゃないですか。

ケンカになって謝った時に「謝ってくれてありがとう」とか言う人どしたの、地上に舞い降りた天使なの。

尊敬する人がどんどん身近な人になってきてるのは大人な気がする。昔は好きなミュージシャンとかだったけど今は親とか。

涙袋が大きい人に「中に何入ってんの」と訊いたら「悲しみ」と返ってきたの妙によかった。

好きな人に「そのままでいい」と言ってもらえたら自信が持てそう。顔を上げられそう。このままじゃダメだと思えそう。

永遠を誓って一緒になっても別れるくらいだし、恋愛絡みの嘘や裏切りを引きずっている人には初めてじゃないでしょうにと思ったりもするけれど、捨てた側が捨てられた側のことをいつまでも自分の持ち物のように思っているのは傲慢だと思いますね。過去の分際で現在に触るな。

心が狭い時って人に求めてばっかでよくない。

メールの返事が無いとせめて届いているかの確認をしたくなるけど、きっと普通に届いているし、重いと思われるのも嫌だし、もう布団にケータイを投げるくらいしか出来ないんだけど、壊れるのも嫌だからリリースの最後のところで手加減なんかしちゃって、あとは自分を責めるくらいしか術がない。

「俺が忘れさせてやる」より「俺のこと覚えさせてやる」の方がカッコいいしかわいいし期待が出来そう。

人の考えを否定しなきゃならない時に「夢見すぎ帰れ」と「叶えてから来い」なら後者だと思うんですけどね。後向きな意見であっても前向きに表したいですよね。こっちに余裕が無いと前者のようになっちゃうんですけど。

いつの間にか「悔しい」が「羨ましい」になっていたから負けることに慣れたんだと思う。次は「妬ましい」かな。終わる。

好きな漫画の次のページをめくるように明日を迎えられたら誰も死にたいだなんて思わないし、それがスカートなら生きたいとすら思える。

胸を目掛けて
投げないと届かないし
受け取ってもらえないから
「言葉のキャッチボール」は正しい。
距離を縮めて、
最後は手渡しがいい。
好きです。

お前はダメだと言われ続けたら本当にダメになっていくのかな。自分で自分を毎日少しずつ嫌っていくのかな。じゃあ逆は。あなたは素晴らしいと言われ続けたらそうなれるのかな。自分で自分を毎日少しずつ好きになって、穏やかになって、誰かにも言ってあげられるのかな、あなたは素晴らしいだなんてさ。

一円を笑う者はご縁に泣け。

指を結ぼう、想いを結ぼう。

明けない夜は無いけれど、晴れない朝はやっぱりあって、傘のように守ってくれる人がいてくれたらと思う。受け止めてくれる人がいてくれたらと思う。

繋がりの無くなったあともそれぞれの暮らしは続いていくのであって、友情や愛情が過去形となって尚、幸せを願う。共にあった日々の愛おしさ。素敵な人生を。

歩み寄りはきっと心の待ち合わせみたいなものだから、
プライドを汚したりはしないよ。
折れるのは嫌でもさ、曲がるくらいいいじゃん。
二人で曲がり合ってさ、お辞儀みたいでいいじゃん、また宜しくって。
待ち合わせしよ、仲直りしよ。

年越し蕎麦もいいけれど年越し傍ならもっとよかった。

ナイフを手にすると切り付けてみたくなるんですけど、傷付けてみたくなるんですけど、りんごを剥いたら喜んでもらえそうだし、うさぎを象ったら褒めてもらえそうだし、上手に使いたいと思うんです。言葉を、選んでいきたいと思うんです。

人ってなんで涙もろくなっていくんだろう。泣きたくない時に泣けてくるのはやだな。泣きたい時に泣けないのはもっとやだけど。

付き合うとダメになっていくやつ安心を休みと間違えてそう。

鍛えなければ弱るのは心だってそうだよ。

一度の浮気は許せるのに一本の鼻毛を許せないのおかしい。

ホントは悲しいのに
明るく振る舞って
周りに気を遣わせまい
とする人から順に
幸せになれ。

弱さを見せろと言う人はそのあとちゃんと守ってください。

二人で流星群を観るような仲だったらもう半分くらいは願いごと叶ってんじゃないの。

頑張った分だけでいいから報われたい。

「頑張れ」を「頑張ろ？」と言う人とは一緒に頑張っていけそう。

忙しいのに連絡くれるの、無理しなくていいよと思いつつ結構うれしい。

片思いの子のパンツに人生の答えが書いてあったら、今この瞬間からがむしゃらに生きて何もかもを遂げられそう。

前向きな話ばかりじゃなくても全然いいから、後向きな話でも全然聞くから、下向いて話すなって言ってるんですよ。こっち向いて話せって言ってるんですよ。そっち向いて聞くからって言ってるんですよ。

じわじわくる

今日聞いた話で一番じわじわきたのは「こっちはその気になってるのに彼氏が全然襲ってこない時は『相撲しよ?』って言って、いきなり相手のまわしを取る感じで突っかかっていくよ。まあどんだけ頑張ってもあっさり投げられたりするんだけど、そのあと大体襲ってくる」です。

今日聞いた話で一番じわじわきたのは「息が臭いやつは何をやってもダメ」です。

同僚女子が「家飲みの時にジーマ、スミノフ、スカイブルー周辺ばっか攻めるやつ何かムカつく」と言ってたのじわじわくる。

あの人とどうなったの?　と訊いたら「あんだけ愛し合ってたのに今はお互い死ねばいいのにと思ってる」と返ってきたのじわじわきてる。

モデルさんを迎えに行った同僚から「お肌の透明感がすごすぎて隣にいるのに見えない！　だって透明だから！」とメールがあってじわじわ面白い。

ネットから始まった人が「本名を教え合ってからが交際」と言ってたのじわじわきてる。

「あたしのどこがすき？」に「顔」と答えると大体「顔かよ！」的な反応が返ってくるのだけど実はあとからじわじわうれしいらしいので積極的に使っていこうと思う。

今日聞いた話で一番じわじわきたのは「この間彼女とキャッチボールしたんだけどさ、アイツ、スライダー投げてきたんだよ。なんか冷めたわー」です。

今日聞いた話で一番じわじわきたのは

「チャラいやつは足音もチャラいからやって来るとすぐ分かる」

です。

今日聞いた話で一番じわじわきたのは

「オレ最近自撮りを極めてきて奇跡の一枚を連発できるようになったんだけど、新しい構図を！　と思い切った角度にトライしたら頭頂部が薄くなってることを知るに至って有給取って山登った」

です。

日々の発見

今日聞いた話で一番分かる気がしたのは「周りのやつらが成功したり幸せになったりしていくの見ると俺もうれしくなるけどさ、弁当を温めた時に隅っこの漬け物まで一緒に温まっただけというか、つまりそれが俺。ふと虚しくなったりするんだよな、俺もごはんとかおかずになりたいよ」です。

今日聞いた話で一番かわいかったのは

「できれば毎日連絡取りたいけど付き合ってる訳でもないから、でも『こんばんは』とかは変だし『話そう』とかは絶対無理だし、結局『夜ごはんなに食べた?』とかになっちゃう」です。

今日聞いた話で一番勉強になったのは「裸で背筋を伸ばして立って、下を見て、おちんちんが見えたら大丈夫で、見えなかったらメタボ」です。

今日聞いた話で一番納得したのは

「料理が上手かどうかって味とか見た目だけで判断してない？ホントに上手な人は調理が終わる頃には片付けも終わってるし、あと分量ね。作りすぎない」です。

今日聞いた話で一番分かりすぎてつらかったのは「例えば昨日までやさしかった子が今日突然冷たくなるとかって考えにくいじゃないですか。でもこっちが気がある素振りとか見せたら全然なり得るじゃないですか。だから嫌なんですよ、友達から彼氏彼女になろうとするの」です。

今日聞いたルールで一番かわいかったのは「悲しい時はポテチ一袋ひとりで食べていいルール」です。

今日聞いた話で一番勉強になったのは「お酒が原因でやっちゃう事故みたいなキスは『飲チュ』って言うよ。あと、すきな人といい感じのシチュエーションでするキスは『夢チュウ』で、ふわふわしてくるキスは『宇チュウ』って言うよ」です。

今日聞いた話で一番納得したのは

「寂しいは暇からやって来る」です。

今日の発見は「ミトン型の手袋でカメラを構える人はおっさんでもかわいい」でした。

今日聞いた話で一番怖かったのは「ワガママ言ってもいい？　と頭に付けたらワガママをきいてもらえる率が高まるし、頼られてる↓ほっとけない↓俺が居てやらなきゃとなってどんどん便利」です。

今日聞いた話で一番怖かったのは

「昔付き合ってた女がクソでさ、『ごめん寝てた』とか嘘ついて実は他の男と会ってやがったのよ。まあ、寝てたっていうのはある意味ホントだったんだけど」です。

「カレー作りすぎちゃったってメールしたらどんな男でも大体来るよ」って話聞いてる。

想い

気持ちを伝える時はまっすぐに来てくれなきゃやだけど、寒い日に「ここ、空いてます」みたいなのは許す。

心が繋がったあと自然に手も繋がって「そういうことなんだな」って思ったんだよ。

何でもない平凡な日のことを思い出してニヤニヤしちゃったからもうちゃんと好きだよ。

忘れる忘れないとかじゃなくて忘れらんない。

「何してる?」って訊けなくて「やっほー」みたいに送ったけどホントは全然やっほーじゃない。何してる?

幸せは歩いて来ないって聞いてたけど待ち合わせ場所にいたら普通に歩いて来てた。

君のせいで暖冬。

「言葉で伝えて」って頼んだら温もりまで伝えて来た。何なのそれ、いい。

君を好きになったら
自分のことも好きになれたんです。

こっち見てくれるんだったらおならだってするよ。

夜が長いの君のせいにしてる。

思ったこと

よくないことは全部秋のせいにしていいらしいし、もしも秋が男なら包容力があってモテると思う。

心が狭くなるの自分でもホント嫌なんだけど、神様的な人が現れて「心、広くしてあげようか？　ただ、一緒におでこも広くなっちゃうんだけど」と言われたら断ると思うし絶対ハゲたくない。

身近に尊敬できる人がいるのとてもよい。遠くにいる人は憧れのイメージ。

コンプレックスというか何と言うか、自分が気にしていることをさらっと流してもらえると「ここに居ていいんだ」みたいに思えて泣きそうになる。

どう言ったらいいか分からない時は

「どう言ったらいいか分からないから考えがまとまったら言うね」

でいいと思う。「察して」みたいなやつはうんこを踏んで欲しいと思う。

「言いたいことはあるのに泣いてしまって何も言えなくなる」的な話をよく聞くから、怒ってる時は赤で悲しい時は青でうれしい時は黄みたいに涙に色があってくれると助かる。アレだったら鼻水でもいいし。

美容師さん曰く「髪は顔の服」らしいのだけど、ヘアゴム一つで着替えられる女子が羨ましいし、いつか裸にならなきゃならない男子が悲しい。

寝たら嫌なこと全部忘れられたらいいのにと思うけど、例えば神様的な人が出てきて「嫌なこと忘れたいの？じゃあさ、いいこともセットで忘れていいなら消してあげるけど、どう？」なんて言われたらたぶん断ると思うから自分で忘れるしかない。忘れようとするしかない。

もしも見た夢が現実になるとしたら、寝る前はいいことばかりを考えようとするだろうな。そして前向きになれて、よく眠れて、明日も頑張れて、夢が本当に現実になりそう。

「出来ることがあったら何でも言ってね」とか言ってくる人なんなの、うれしかったです。

相談相手、そんなの大丈夫だよーとか無責任に言ってしまうくらいの人の方がいい気もする。そっかー大丈夫なのかーみたいになれたらラッキーだし。

昔に比べて人を許せることが増えた気がする。やっぱ大人になると心が広くなるのかな。こういうのってうれしい。おでこも広くなった気がする。これは本当に悲しい。

人と話してる時に泣きそうになったら恥ずかしいから落ち着くまで待つけど、そんなの関係なく「わーん！」なんてなりながらも話を続ける人がいて、これはもう何だろうね、抱きしめたくなるというか。溜め込んでいたのかな、つらかったよね。

誰かのために強くあろうとするのってカッコいいな、美しいな。

女子からサプライズしてと言われたら「そんなことまで言わせてしまってごめんな。最近かまってやれてなかったもんな、寂しかったよな」と言い頭をぽんぽんしながらポケットからどの程度のジュエリーを差し出せばいいんですかね？

レディーガガやクリスティアーノロナウドみたいなスーパースターになるのはもう無理だと考えたら、同じ人間としてどこか悲しい気持ちになるけど、周りにいる人達にとってのいいことくらいにはなれそうな気がするし、絶妙なタイミングで元気が出るメールを送ってくる人とか、そんな役、やります。

彼氏がハゲたくらいで冷める女子はどうしちゃったんですか。君を照らすんですよ、君専用の女優ライトなんですよ。

欠点の無いように見える人へ「欠点の無いように見えますね」と言ったら「欠点の無い人なんていないないと思いますよ」と笑ったので欠点の無いように見える人だなあと思った。

Essay06

バニラの話

　某アイスクリームチェーンで撮影の仕事をした際、そこの偉いさんが僕や撮影クルー達を食事に誘ってくださった。僕は偉いさんの苦労話や自慢話を聞くのが大好きで、もう喜んで行った。ほろ酔いになった偉いさんが言う。

「バニラ、チョコレート、いちご、抹茶のアイスがあったとして、蒼井くんは、この中で一番売れるものはどれだと思う？」

「えーっと、チョコレートですか」

「それがね、バニラなんだよ」

「へー、意外と普通なんですね」

　偉いさんがうれしそうな顔をする。

「例えば、チョコレートやいちごや抹茶のアイスを食べたい人が、いざ店へ行くと売り切れだったとしよう。するとね、バニラを買って帰るんだよ。じゃあ今度は、バニラのアイスを食べたい人が、いざ店へ行くと売り切れだったとしよう。するとね、何も買わずに帰るんだよ。だからね、僕たちアイス屋がバニラを切らすことはないんだよ」

　いい話だと思った。

「さあ、次は蒼井くんの番だよ。蒼井くんにとってのバニラは何だい？」

　僕は鳥肌が立って、いい話だと思った。

気付いたこと

「何か面白いこと起きないかなあ」みたいに思っている内は面白いことが起きないの面白い。

「人生はゲーム」だなんて言って笑える人、レベル99なのでは。

さよならって言われたのいつ以来だろう。正しい使い方なのにちょっとびっくりした。友達や恋人ならバイバイとか、じゃあねとか、またねとかだし、仕事の人なら失礼しますとか、お疲れ様でしたとかだし、学生の時の「先生さよならー」みたいなやつじゃないさよならなら、ちょっとびっくりした。

頑張ることが「攻める」みたいな時はいいけど「耐える」みたいな時は結構きつくて、ブワッみたいな顔になる！　大人なのに！　ブワッみたいな顔になる！

やり残したことが多くて夜更かしが捗る。明日への抵抗と言えばちょっとカッコいいけれど実際は今日にしがみつくイメージ。ダサい。

「愛の鞭という言葉からは愛も鞭も感じられない」という話になり「死ねと言われながらぎゅっとされる方がいい」という話になり「死ぬな（ぎゅっ）ならもっといい」という結論になったからいつか使う。

セミは堂々と求愛している。

見せたいところだけ見せたらいいんだよ。全部見せる必要なんかないよ。弱さもそう、強さもそう。疲れるよ、しんどいよ。

もしかするとこれが一生の別れかもしれないシーンで洋画は「愛してる」と言うけれど邦画は「ありがとう」と言う。

笑う機会が少ないと顔の筋肉がどんどん笑えないものになっていくの分かりやすくて切ない。

質素でもいいから丁寧に生きたい。

長く付き合うんだったら朝ごはんを楽しく過ごせる人がいい。言葉少なでも大丈夫な人がいい。

一人でもやれることはたくさんあるけど続けていくには何かこう支えのようなものが必要だよなあと思う。

元気が無い人にすぐ気付いてあげられる人はもうそういう才能の持ち主なんだと思う。

「あの時ああすれば」みたいなのどんどん出てくるから深夜の思考は闇。まあ、教訓に出来たら光だけど。

会う

会えない人がたくさんいて悲しいけど会いたい人がたくさんいると思えば楽しいから概ね許す。

あれも話そうこれも話そうみたいなの全部飛んでどうでもいいことに終始したりするの会う醍醐味の一つ。

やっと会えた人との「何から話そうか」みたいな瞬間はまじめに時が止まって欲しいと思う。

会いたいと思われるのうれしい。
会えてよかったと思われるのもっとうれしい。

何かの拍子に思い出された時、また会いたいと思われたい。

声聴けてうれしいってちゃんと言うね、
会えてうれしいってちゃんと言うね。

会える時に会っておかないと本当に会えなくなるの罰っぽくてやだな。

「希望を捨てさえしなければ生きていける」みたいなのあまりピンと来ないけど人と会う約束がなかったら死にそうな気がするから人と会う約束は希望。

やさしい

明日の天気を教えてくれる人は大体やさしい。

「やさしくしてくれる人にしかやさしく出来ない」と言っていた人がいたけどそれって十分やさしい。

東京の人達、オチのない話でも最後まで聞いてくれる。やさしい。

やさしい人は顔も声もやさしいし
送信する文字すらやさしく見えて
同じフォントを使っているとは思えない。

例えば転んでも手は貸してくれないけど「痛くない、痛くないよ」みたいに声をかけてくれる人がいて、付かず離れずは結構やさしい。

その人のことをよく見ていないとやさしくすることも出来ないのでやさしい人は自分のことをよく見てくれている人です。やさしいです。

「やさしい人」以上の理想のタイプが見つからないので僕もやさしくなります。はんぶんこした時に大きい方をあげたりします。

もらったやさしさは返さなければならない。リボンとかも付けたい、ありがとうも言いたい。

やさしいだけの人って一緒にいても退屈だったりするけど、落ち込んだ時に思い出すのってやっぱそんな人だったりして、何か親みたいで家族みたいで、いつもありがとう、そしてごめんなさい。

家族

家族が一番大事。

家の前とかに並んで「はいじゃあ撮るよー」みたいにして撮った集合写真は最高だし時が経つほどによさが増してすごい。

失敗があるとやだから母の日のプレゼントは現金にしたんだけど、受け取る際の母、眩しいほどの笑顔だったからかわいいは買える。

ばあちゃんが生き返ったら抱っこしてくれた分だけおんぶしたい。ばあちゃんはたぶん軽いので、僕はどこまでも行けます。安い方のスーパーまで行けたりします。

恋人に愛してると伝えるより
おかんをお母さんと呼ぶ方が照れる系息子。

「子は生まれて三年で一生分の親孝行をする」なんて話を聞いたことがあるけれど、うっとうしくて仕方なかった親のことをかわいいと思うようになるだなんて想像もつかなかったし、3億円くらいを振り込んだ上に「我が子の肩車でゆく世界一周旅行」とかあげても足りない。

ハードディスクの整理をしていたら母の画像が出てきて、もう随分と前のある特別な日に僕が撮ったものなんだけど、人はこれほど歯茎を出すことが出来るのかというくらいのスマイルで、寄ったり引いたりBGMを流したり、一人思いに耽る系息子。

親のことかわいいなんて思ったらもう親孝行できる歳だよ。
相応でいいからしてあげな。できるね、できるよ。

かわいい

もう秋なのに蚊に刺されてしまったかわいすぎるモデルさんが「これ、まだ夏終わってないってことでいいよね？（笑顔）よっしゃ（小さくガッツポーズ）」と言ってきた時の感想：かわいすぎる

屈託のないまっすぐな笑顔でおはようを言ってくる人はおっさんでもかわいい。

裁縫が上手な人のかわいさは異常。

満員電車なんだけど両手を挙げてる紳士がいて、たぶん痴漢に間違われないためだと思うけど手が暇なのかグーチョキパーを繰り返してて、今この瞬間世界で一番かわいいおっさんの可能性ある。

うれしい時にちゃんとうれしそうな顔をして見せる人かわいい。デュフフみたいな顔になるのやめたい。

前髪を切りすぎてしまったのが恥ずかしくておでこを押さえながら話す女子ホントいい加減にしてくれ！　もっとお願いします！

急にハグされてどうしていいか分からずマッチ棒みたいになってる人のかわいさ、100点満点で言うと50000点。

「お似合いって言われたいから
あたしももっと頑張ってかわいくなるね！」
みたいなのめっちゃかわいい。
「俺も頑張ってハゲないようにする！」って返したい。

愚痴を言う前に「思わず愚痴こぼしちゃうんだけどね」と前置きしてくる人がいてかわいかった。話の途中で「なんだ愚痴かよ」と思ってしまうのもアレだし確かに最初に言ってくれる方が全然よかった。

「おやすみ」のあとに「また明日」を付ける人かわいい。

同僚女子がデスクでメイクしていたのでなんとなく眺めていたら「もうすぐかわいくなるから」と言ってきてかわいい。

安心すると眠くなる人が分かりやすくてかわいい。

春になったら花たちをバックに撮ってあげたい。「かわいすぎてどっちが花か分かんなかったよー」と言うけど無視されて、帰ってから「ああいうこと言われても反応に困る。でもありがと、うれしかった」とメールが届いてこの人やっぱかわいいと思いたい。

会う前に「わたくし髪型を変えましたゆえお気づきのほど宜しくお願いいたします」と送信してくる人かわいい。

自分のことをかわいいだなんて思っている人間はちょっと信用できないけど、いつか二人で眺める用にと、夜空にかざすタイプの星座アプリを入れてある僕はどう考えてもかわいいと思うんです。

ささいなことでも笑ったり喜んだりする人ってかわいい。そんな風に見せているだけなのかもしれないけど、もしそうならもっといい。気を遣ってくれてありがとうって思う。

笑顔がかわいいとすぐ好きになるけど、泣き顔がかわいくてもすぐ好きになるから表情がかわいい人が好きなんだと思う。かわいいんだと思う。

大口を開けてあくびをする女子と手で口元を隠してあくびをするおっさんなら僅差でおっさんの方がかわいい。

靴を揃えてからの入室はおっさんでもかわいい。

知らない人の子供でも赤ちゃんはかわいいし、目が合うと全力で変顔していく大人もかわいい。

買い物袋から長ネギが見えている人はおっさんでもかわいい。

褒められた際のリアクションがかわいいとまた褒めてあげたくなるから、褒められたい人はそういうのを用意しておけばいいと思う。個人的にたまらないのはモジモジする人。

美少女モデルが「好きな人と観覧車に乗る時は最初から隣に座るのがいいのかそれとも向き合って座ってしばらく経ってから隣に行くのがいいのか」を訊いてきてとてもかわいいのです。

急にレイトショー誘ったら「もー」なんて言いながらちゃんとおしゃれして来るし、しっかりいい匂いだし、あとで友達に「暇だったけど暇じゃないフリしちゃったけどうれしかったけどそうでもないフリしちゃったけど超ドキドキしたー！」なんて報告しちゃう系女子かわいい。

「ごはんの次に想ってる」くらいがちょうどかわいい。

お酒について訊かれた時に「強くないけど好き」と答える女子は誘われ率が高いです。めっちゃかわいいからです、隙がある感じがです。

「今日は付き合うよ」と言って飲めないコーヒーを飲んだ子がかわいすぎた。やさしいは才能じゃないよね、誰でも見せられる。見せたい。

美少女モデルが「昨日の夜ね、もうちょっと一緒に居たいって言うのがなんか恥ずかしくて時間ゆっくり流れろって言っちゃったんだけど、そういうのどう思う？」と訊いてきたので「かわいいと思うけど」と答えたら「かわいいと思」くらいのところで走って逃げて行った。かわいい。

電話した時、寝てたくせに「寝てない」と返す人の妙な意地ちょっとかわいい。

「頑張ったね」程度の言葉でまた頑張れる人間という生き物かわいい。

布団

君のこと忘れようとしてる（布団）
まだ別れたくなかったのに（布団）
君の温もりが忘れられない（布団）
笑って別れるとか無理（布団）
離れて分かったけど俺やっぱお前のこと好きだわ（布団）
君と離れるなんて僕には出来ないんだよ（布団）
君とやり直したい（布団）
僕の帰る場所は君だけだからね（布団）
君の匂い、安心する（布団）

お前を抱きしめたい（布団）
ぎゅってしたい（布団）
ぎゅっとしててね（布団）
朝までぎゅってされてたい（布団）
ずっと一緒にいたかった（布団）
お前を離さない（布団）
そろそろ会いたい（布団）
いま、会いにゆきます（布団）
昨日よりも寒い朝がやって来て、僕はね、
昨日よりも強く君を抱きしめたんだよ(枕)

CHAPTER 4

光

好きな人はいますか、
どのくらい好きですか。
「このくらい」と両手を広げて見せてください。
好きな人に会えますか、いつ会えますか。
会えたら迎えてください。
「このくらい」の両手で迎えてみてください。
もう一つの「このくらい」が君を包むから。
恋をしましょうよ。
家族や友人でもいい、愛をしましょうよ。

おにぎり

美少女モデルが「ワキ処理の甘さで死んだ子を何人も見てきたからね」と言って、僕はおにぎりを落とした。

美少女モデルが「まあ、あたしの場合ピンクはピンクでもショッキングピンクですけどね」と言って、僕はおにぎりを落とした。

美少女モデルが「ロケットおっぱいの人ってどうなの？　いいの？」と言って、僕はおにぎりを落とした。

美少女モデルが「いやいや、女子校のヤバさはそんなもんじゃないよ。ちょっとおっぱい大きいだけで普通に揉むからね。おはようの代わりにとか全然揉むし、むしろ無言で揉むし」と言って、僕はおにぎりを落とした。

汗拭きシートで腕や脚を拭いていた美少女モデルが「えっ、いたの？　あぶねー、もうちょっとでワキとか胸とか拭くとこだったわー」と言って、僕はおにぎりを落とした。

美少女モデルが「今度プライベートでも撮らせてよーとか言ってくるカメラマンはクソ」と言って、僕はおにぎりを落とした。

美少女モデルが「男ってメンソールのたばこ吸ってたらEDになんの？」と言って、僕はおにぎりを落とした。

美少女モデルが「生理の時ツイート増えるのマジだわー」と言って、僕はおにぎりを落とした。

美少女モデルが「ヤリチンって間接キスから始めようとしてくるよね」と言って、僕はおにぎりを落とした。

美少女モデルが「ねえねえ、写真屋さんでさ、全ケツって現像できんの？」と言って、僕はおにぎりを落とした。

美少女モデルが「ね、夜のバットって何？こうもり？」と言って、僕はおにぎりを落とした。

人のおにぎりを笑うな。

美少女モデルが「あーあ、あたしも男の子に生まれたかったたな。だってほら男の子ってさ、もっと声出せよ？　とか言ってドヤ顔してくるじゃん？　アレなんなの、自衛隊？」と言って、僕はおにぎりを落とした。

美少女モデルが「おしっこしたあとにブルブルって震えるの男の子だけなの？　あたし震えるんだけど」と言って、僕はおにぎりを落とした。

美少女モデルが「あ、ブラとパンツの組み合わせ間違えた」と言って、僕はおにぎりを落とした。

美少女モデルが「大人って足の裏舐めるの好きですよね」と言って、僕はおにぎりを落とした。

美少女モデルが「おしっこ行って来るね？いい？　おしっこいい？」と言って、僕はおにぎりを落とした。

美少女モデルが「今日デートだからお気に入りの下着で来ちゃった。高かったけど超かわいいの！　見たい？　あ、ダメだ。蒼井さん見ないですぐ取っちゃうタイプだもんねー」と言って、僕はおにぎりを落とした。

美少女モデルが「この水着どう思うー？やっぱ面積狭いかなー？　ポロるかなー？」と言って、僕はおにぎりを落とした。

美少女モデルが「泳ごうと思ってジムに入会したのにいきなりアレ来たし。空気読めし」と言って、僕はおにぎりを落とした。

チャラ男「コメをぎゅっとしたらおにぎりになるじゃん？　キミをぎゅっとしたら恋になるじゃん？？」

美少女モデルが「好きな人からだったらどんなエロいこと言われても大体うれしいけど、スカートたくし上げんぞ？　って言われた時はちょっとヤバかったよね。コワうれしいって言うか」と言って、僕はおにぎりを落とした。

「おにぎり一つ握れもしないで何が女子力だよ」「でもこっちの方は握れるよ？（グッ）」「お、おうよ……//／」みたいなことばっか考えてた。あとお金欲しい。

おにぎりですら
ぎゅっと
されているというのに
僕たちときたら。

女の生態

同僚女子が、恋愛対象にはなり得ないけれど暇な時にごはんへ行くくらいならいいかなという人のことを**「ふりかけ」**と呼んでいてやばい。

撮影補助で来てる女子が巨乳で他の女子クルー達に色々とイジられてたんだけど「隠れ巨乳とか言って騒いでる男の人達は女の胸のこと何も分かってないです。本当の巨乳は隠しても隠れないんですよ」と言ってて妙なカッコよさあった。

「痩せたらかわいい」みたいに言われがちな人がいるけど、実際言われてどう思うのかな。「よっしゃダイエット頑張ってみるか！」と思うなら周りはどんどん言ってあげた方がいいだろうけど「はいはいデブってことですね」と思うなら言わない方がいいよな。

痩せたら彼氏が出来たけど、色々と安心してじわじわ戻っていってる同僚女子分かりやすい。

モデルさんに最近会ったチャラい男を訊いたら「アルデンテ（パスタのちょうどいい茹で具合）の硬さって耳たぶと同じくらいなんだってみたいな話をフリに『ちょっと耳たぶいい？』とか言って触ろうとしてきた人」と返ってきたのでみなさんも気を付けてください。

サッカーに興味の無いモデルさんに、サッカー用語で何か知っているものがあるか訊いたら「ありますあります。えっと、オフサイド、トップ下、ＰＫ、クロス、キーパー、コーナーキック、ネイマール、ブラジル、イエローカード、レッドカード、あと何だろ、退場、セルジオ」で腹抱えて笑った。

おごってもらえるとしても会計の際は財布を出すみたいな気遣いってあると思うんですけど、レジ前で男子の腕におっぱいを当てて気味で寄り添うと、何も言わず財布も出さず勝手におごってもらえるという話を聞いた時は思わず「**かわいいは作れる……**」とつぶやきましたね……

同僚女子が「明日（すきな人と）ごはん行く約束したから明日までごはん食べない」と言ったのかわいかった。そのあとすぐお菓子食べてたけど。

車で二人っきりになり、沈黙が嫌だったのか「**好きなたこ焼きの具なに？**」と訊かれたの、二日経ってもまだ面白い。

撮影の待ち時間が長すぎて寝そうになっていたらモデルさんが寄ってきて「なぞなぞです。人は寝ないと動物になります。さて何の動物になるでしょうか？」と言うので適当に答えたら「ブー、正解はくま。目がくまになるから。ちゃんと寝てますか？無理しないで下さいね」と微笑むので結婚しそうになった。

「例えば、**おいしいって言うべきところで幸せって言う女**がいるでしょ？　ごちそうした側は『オレが幸せにしてやった』なんて錯覚に陥って気持ちいい訳。怖いよね、女子力」という話を聞きました。勉強になります。

空き時間を利用してモデルさんと昼食に出たのだけど、行きたい店があると言うのでお任せしたら牛丼チェーンで、「あたしこういう所だいすきなんですけど一人じゃ入りづらくて。付き合ってもらってもいいですか？」「僕もすきですよ、付き合います」となった。カップル成立と捉えていいのかもしれない。

いつも笑顔のモデルさんに「悩みとか無いんですか？」と訊いたら「彼氏の寝相が悪くて、何て言うか足が4の形になるんですよ。4だと痺れるじゃないですか？　だからそれをこう直すんですけど、えっと、数字で言うと11にする感じですかね」と返ってきて平和。

かわいい人に「なに食べたい？」と送信したら「すき！」と返ってきておいおい何だよ、このタイミングでかよ、心の準備が出来てないよ、マジかよ、でもうれしいよ俺もすきだよ、ちょっと早い春きたよ、と思ったらすぐに「ごめん！　すし！」ときたのでまだ冬。

女子に頼まれてペットボトルのフタを開けてあげたんだけど、別の女子に「ペットボトルのフタも開けられないような非力な生き物が長生きするんだから不思議だよな」と言ったら「**とりあえず頼んでみることあるよ。男ってそういうの好きでしょ？**」と返ってきて口からワナワナって音出た。

（同僚女子が机に突っ伏していたので何かあった？　と訊いたら顔も上げずに「うるせーバカ」と返ってきて、おやおやと思って帰ったのだけど、あとから「バカはあたし。話きいてちょんまげ」とメールがきたので「拙者、話きくでござるよ」とノッていったら「キモい死ね」と返信があって、それでも）生きる。

男子の「ウチでＤＶＤ観よう」は完全に誘い文句だと思うんだけど、女子の「ソファー買ったよ」もそういう認識でいいね？

仕事でいいことがあったモデルさんが「普段は冷凍のやつを半分に切ってるけど、今夜は一玉使って卵とじうどんいっちゃう」とうれしそうに言ってきて結婚したい要素の全てがそこにあった。

朝からお肌絶好調なモデルさんに秘訣を訊いたら「夜が早いだけです」とのことだった。まあ謙遜も含まれているとは思うけど。ちなみに昨晩は21時就寝だったらしい。早い。夜ごはんは何時に食べたのか訊いたら抜きだった。強い。

同僚女子達が「揉まれたら揉み返す…パイ返しだ！」「キャー♡」とやっていて僕の色々も出向しそうだった。

寝坊してほぼすっぴんで現れた同僚女子がいつもよりかわいかったので「そっちの方がいいよ」と言ったら、貞子みたいに髪で顔を隠したんです。その時でした、僕の胸の奥の方からきゅんという音がしたんです。本当です、確かにきゅんと聴こえたんです（大阪府・男性）

涙は女の武器かどうか的な話をしていたら同僚女子が「**ウルウルしながら『なんでそんなこと言うの？』って言うだけでどんな修羅場も大体切り抜けられる**」と言ってきたから涙は女のリーサルウエポン。

イケメン嫌いの同僚女子に理由を訊いたら「イケメンはドキドキさせてくれるけどすぐどっかに行くもん。それだったら安心出来るブサメンの方がいい」とのことだった。「安心もさせてくれないブサメンはうんことか踏んで死ね」とも言っていた。

仕事後の職場でプロ野球中継を観ていたら、同僚女子が「何で一塁にヘッドスライディングするの？　駆け抜けた方が速くない？」と言い、大人女子が**「男にはね、ダメだと分かっていてもやらなきゃならない時があるの。そういう生き物なの、それが男のデフォなの」**と返し、残っていた男子全員が退社した。

シャイすぎて
すきとか絶対言ってくれない彼氏に
なんとか言わせようと
グイグイいったら
結局すきは言ってくれなかったけど
「必要」と言ってくれて
何これ！
すきとかよりジーンとくるじゃん！
という話がとてもよかった。

「夢とか幸せとか掴めそうだから腕が長く生まれたかった」と言ったら同僚女子が自分の腕を伸ばして眺めていたんだけど、いやそういう話じゃなくてと思ったんだけど、かわいい人だなあと思って「かわいい」とだけ言った。

「おしゃれは好きだけど付き合うならちょいダサくらいの人がいい。自分好みに変えていくのとか楽しいし」などと言い出す人はモロおしゃれな人が好きなのでちょいダサの人は手を出さない方がいい。

【ほうれい線】モデルさん直伝、頬をリフトアップしてほうれい線を予防する体操。保湿後「う」と「い」の発音時の口を交互に二秒ずつキープ。「う」は唇を突き出し「い」は真横に広げる要領で大げさに。一日20セット。眉間と目尻にシワを寄せない。鏡を見ながらがおすすめ。

「誰か紹介して」を「隣、あいてます」と送信してくる同僚女子かわいい。

清楚系モデルが「あたし下ネタＯＫです」と言って場のテンションが一気に上がったんだけど、一人が「どんな時にコイツ下手だなって思う？」と訊いたら「あまり考えたこと無いですけど……　あっ！　アソコの名前を言わせようとして来た時は下手だなって思います！」と返って来て全男子クルーが黙った。

モデルさんの資料に「好きな食べ物：食パン」とあった。撮影後に話を振ってみた。「厚切りにバターをたっぷり塗ったのが好きで三食でもいけます。でも太るんで特別な日だけ」「特別？」「悲しい時とか」「最近いつ食べました？」「今夜の予定です」何があっても微笑むお仕事。

すっぴんで出勤した同僚女子が**「俺は変身をあと一回残している」**と言い訳してきた。

同僚女子が「見てアレ、サマージャンボ」と言うので目をやるとそこには薄着巨乳女子がいたんです。

【女子100人くらいにききました】イケメン好きでも彼氏候補となると容姿には固執しないようです。服装に求めるのはセンスより清潔感のようです。お金はここぞという場（日）以外は割り勘でも可のようです。敷居を高めているのは男子自身なのかも。ただ、譲れない点が一つだけ。**「話が面白い」**です。

夜の営みがごぶさたな同僚女子が「シーツ掴みたい」と言ってたのおしゃれだった。

女子が金玉のことを「アダム」と呼んでいたので今日はもう満足です。

スタイルがよすぎるモデルさんに
秘訣を訊いたら
「いつでも恋をしていること」
みたいな優等生な答えが返ってきたんだけど、
実際どうなんですか？
と食い下がったら
ちょっとキレ気味に「努力」って言われた。
努力すごい。

釣った魚にエサはあげません
魚は釣られると人になるからです
だから　口を開けて待っていないで
おなかすいたよと言ってください
僕には君を
聴き分ける耳がありますし
駆け付ける脚も
抱き寄せる腕も
ごめんねを言う口もあります
好きだって言えますし
そしてキスをします
魚はもういません

男の生態

Tシャツに乳首が浮いてしまっていたことを笑われた同僚男子が「男でもこんなに恥ずかしいのに女だったら死んでたわ。なんか女の気持ちが分かった気がするわ。俺もっと女にやさしくするわ」と言ってきた。

合コンに行くと言っていた友人男子から「目を大きくしてもいいし、肌をきれいにしてもいい。だがな、脚まで細くするのは許さん」とLINEがきたからたぶんプリクラに負けたんだと思う。

後輩男子「その子のこと
　前からいいなーとは
　思ってたんですけど、
　字がきれいなのを知って
　ダメ押しでしたね」
僕「分かる」

彼氏がサプライズを計画していて彼女の指輪のサイズをこっそり教えてもらうために彼女の親友と会ったことがキッカケで浮気が始まったという話がサプライズすぎてもうダメだ。

モデルさんの元カレが付き合いの後半ヒモ化してたらしく、話を聞いたら「彼が失業してお金無くて、あたしんちに転がり込んで来たんだけど、帰ったら掃除も洗濯も全部済んでるし、料理も段々上手になっていくし、シャンプーとかも無くなりそうな頃に補充されてて快適だったよー」と来て

ただのよく出来た嫁だった。

パチンコで負けた同僚がお母さん宛てに「仕事絡みの出費でピンチだから今月の仕送り額ちょっとまけて」とメールしたら「そういうことだったら今月は要らないから。ごはん食べてるの？　いつもありがとうね」と返信があり、泣きそうになりながら「2万貸してくれ」と僕に言ってきた。

チャラ男「**コメをぎゅっとしたらおにぎりになるじゃん？　キミをぎゅっとしたら恋になるじゃん？？**」

駅のトイレでおしっこをしていたら紳士が慌てた様子で個室へ入って行き、衣服の擦れる音ののち、一瞬の静寂を置いて「レ！ミゼラブル！」と聴こえてきた。感動。

終電間際の駅で女子が落とした手袋を紳士が拾い「お嬢さん！　ガラスの靴！」と言って手渡してた。女子、一礼したあと走って逃げてた。

同僚が溺愛する彼女はSNSの類を一切やっていないらしく、その分、何かできごとがあると彼氏へ送信してくるのだとか。例えば、ごはんである。毎食画像を添えてくる。同僚はそれを保存し、僕ら職場LINEグループへ転送する、「俺の彼女メシもかわいい」と。彼女は今朝、いちごヨーグルトを食べた。

男子はそんなこと絶対しないから
女子同士が手を繋いで歩くの
ちっとも理解できなかったけど、
友人男子と飲んだ帰りに
駅までの道を肩を組んで歩いて、
ああ、これかと思って
デュフフって笑った。

朝食と夕食を米、卵、豆腐、納豆、海苔ならいくら食べてもいいルールにした知人が二ヶ月で10キロ超の減量に成功してやばい。いくら食べてもいいので最初はモリモリいくけれど、やがて飽きてじわじわ減るらしい。誘われた日は外食もOKだけど、友達がいないため誘われずじわじわ減るらしい。やばい。

同僚男子が彼女に「おならは尻のくしゃみだから恥ずかしがらなくてもいいよ」と言ったら「じゃあうんちは?」と訊かれて「……弱音?」と答えた話で何回も思い出し笑いしてる。弱音吐いてごめん。

電車が発車するのを待っていたら階段をこちらへと駆けて来る女子が見えて、全然間に合いそうになかったんだけどホームにいた駅員さんが気付いて、運転士さんへ合図を送って乗せてあげた。扉が閉まったあと女子が車内からペコリとやったら、駅員さん親指グッてやった。白手袋で親指グッてやった。やばい。

服装や髪型を
全く気にしない同僚が
「たまにはおしゃれしろよ」
と言われて
「昨日の夜おいしい紅茶の
いれ方をググったよ」
と返したのがおしゃれだった。

同性から見ても
チャラい同僚男子が
すれ違いざまに僕のジャケットの
ポケットへ缶コーヒーを
入れてきた。
去って行く背中に
何これ？　と訊いたら
振り返りもせずに
「エール」と言った。
チャラい、だが何だろう
この胸の高鳴りは。

炒飯（チャーハン）を誤って「イタメシ」とオーダーした紳士が「この店はアレなの、ナポリタンとか置いてないの?」と華麗なる方向転換をキメていた。

男子は潤った瞳に弱い生き物ですので、女子は目薬必携です。目の前で大胆に点眼しましょう。鼻の穴を見せるのはＮＧ。身体は斜めに構えて。首筋、アゴのラインは十分に見せます。この際男子の視線は鎖骨、胸元へも。服装も意識して。点眼後の瞬きは目を見てゆっくりと。言葉も潤して。素敵な恋をして。

いつも頑張っているやつにエールを送りたいけれど、これ以上頑張れと言うのも何だかアレな気がして「すきだーーー！」と送信した。「オレもーーー！」と返ってきた。男同士って単純で楽しい。

おだんごヘアの話をしていたら清楚系のモデルさんが「おだんこんヘア」と言い間違えてしまい、頭の中で「お男根ヘア」と変換されてみんな黙ったんだけど、沈黙に耐え切れなくなった一人が「〇〇さんって男根のことをお男根って言う派なんですか？」と訊いて、モデルさんは昼で早退した。

Ｔｗｉｔｔｅｒを開いていたら同僚男子が「男の金玉を強めに吸う女がいるけどアレはお互い得しないからやめようって書いといて」と言ってきた。

バカだけど芸術肌な知人から
「曲作ってる。
サビで英語入れたい。
誰でも知ってる系で熱い系の
単語教えろ」
とメールが届いたので
「Destinyとかでいいんじゃない」
と適当に返信。
デモを聴かせて貰ったら
「ディズニーーー!!!!!!」
と絶叫してた。
誰でも知ってると思った。
ストリングスも鳴ってた。

人とのつながり

色々あって落ち込んでいた友人にその後どう？　と送信したら「ダメージジーンズくらい」とのことだった。「膝も夢も破れないで欲しい」と送信したら「ごはん行こう」とのことだった。ごはん行こう。

買い出しへ行った同僚に「コーヒーも買ってきて」とメールをしたら「無垢でいいよね？」と返信があった。無垢のままでいられるならそれが一番だし、コーヒーは無糖でお願いします。

おしゃれな長靴を買うと
それまで嫌いだった
雨の日が待ち遠しくなったり
するじゃないですか。
長靴じゃなくても何かこう
自分の中の後向きを前向きに
変えられるようなものを
ちりばめていけたらなあ
と思うんですよ。
例えば人と会う約束なんかも
そうなんですけど。

事務所に戻ったら同僚が怒鳴られていて、理由は分からないけどしょんぼりしていたのでコーヒーをいれてあげたら「**苦い思いしたあとに何でまた苦いやつ飲まなきゃなんないの？**」と言われて、コイツ、しょんぼりしながらも上手いこと言うじゃないか！　と思いました！！！**チョコ買って来ます！！！！！**

大事なメールがなかなか届かないので、念のため迷惑メールフォルダを覗いてみたらそこにあって、送信者にそのことを伝えて謝ったんだけど、「そうでしたか。思えば人に迷惑ばかりをかけてきた人生でした」から始まる長文が届いて「何かすいませんーー！」って電話した。

駅で向かいのホームに面識のあるモデルさんがいて、手を振ったんだけど全然気付いてなくて、代わりにモデルさんの隣にいた知らないマダムが振り返してくれた。ありがとうマダム、いい薬です。

頑張った人に頑張ったねと言ったら顔は笑っていたけど目は薄っすら泣いていて、ああ、苦しかったんだろうなあと思いハグでもしてあげたい気になったけど、そこまでの関係でもなかったし、肩をちょんとだけして帰った。向こうもちょんとだけはしてきた。

電車内に買い物袋を置き忘れたままお婆ちゃんが降車。気が付いた男子が車外へ飛び出すとお婆ちゃんに無言で買い物袋を手渡し、扉が閉まる寸前のところで車内へ舞い戻った。呆然と立ち尽くすお婆ちゃんを置いて電車は動き出し、一人のおばさんが男子に飴を差し出した。拍手が起こりそうだった。

カレー食べたいばかり言っていたら先輩に「そうなんだよ、寿司になれなくてもいいんだよ。誰からも愛されるカレーでいいんだよ」と分かるような分からないようなアドバイスを頂いた。カレー食べたい。

コンビニでレジに並んでいたら
マダムな店員さんが
「ありがとうございます」
の代わりに
「いってらっしゃい！」
と言って客を送り出していた。
こういうの好き。順番が来た。
「いってきます」を
用意していた僕にマダムは
「お兄ちゃん
ネクタイ曲がってる！」
と言った。
好き。直しながら店を出る。
おはよう。

一緒にいた人へ電話がかかってきて「え？　今？　一人だけど？」と言ったので帰ります。

愛しさと切なさと仕事のミスで周りに迷惑をかけてしまい落ち込んでいたら同僚から「やっと出番回ってきた！　借りを返す！　いつも助けてくれてありがとなー」とメールが届いた時の心強さと。

「ちょっと元気ないから元気が出る話なんか下さい」とメールしたら**「お金降ってこないかなあばっか言ってたら雨降ってきてウケた～」**と返ってきてちょっと元気出た。

力になってあげたいけれど全く知らない分野だったため手も出せず口も挟めずどうしたものかと考えた末にアイスを買いに走ったらとても喜ばれた。アイスすごい。

いつもより早い電車に乗ったらいつも乗る時間帯でよく見かける人がいて「あれ、このひと今日早いな」と思いチラチラ見てしまっていたら向こうがニヤニヤし始めたからもしかしたら同じことを思ったのかもしれなくてこっちもニヤニヤしてきた。

仕事にまつわること

昨日まで清楚系ミディアムだった同僚女子が金髪ソフトモヒカンになってて職場でスタンディングオベーション起こってる。

毎日大体何かしらの納期でバタバタしているのだけど、自分の仕事を終えた同僚男子が「つか腕2本しか無いんだからそんだけの量1人で抱えてるのおかしくない？　まあ、俺の腕入れたら4本だけど」と言い勝手に手伝い始めた。もし僕が女子だったらその場で抱かれてた。愛。

詳細なレタッチを一人でカチカチやっていると被写体への偏った愛情が芽生えて危ない。「あたしのどこがすき?」に「毛穴」と答えても誰も得しない。危ない。

昨日まで清楚系ミディアムだったのに突然金髪ソフトモヒカンになって出勤し職場のえらい人に呼び出された同僚女子「**お前なんだその頭って言われたけど、味方を鼓舞するためですって答えたらセーフだった**」

仕事で関わりのある紳士が厳しさの中にもやさしさを感じられる言葉をいつもかけてくれて励みになるんだけど「そういうのってやっぱり人生経験から来るものですか?」と訊いたら「**首から上を鍛える**」「えっ」「**笑いながら話して頷きながら聞けば大体何とかなるでしょ?**」となってめっちゃ頷いた。

抗うって何だよ、戦士かよと思ったけど企業戦士という言葉がありますね。斬れ味は悪いくせに重さだけ一人前の剣を持たされて。おい盾どこだよって言うね（大阪府・社会人）

女子の上半身画像をレタッチしていたら、モニターにチリが付いていたので、指で払うと同僚が「そういう愛で方嫌いじゃない」と言ってきた。違う。

一緒に残っていた同僚が帰る準備を始めたので名残惜しげに「また会える?」と訊いたら「会えるよ」と返してくれたの、恋人ぽかったし帰りたい。

大事な打ち合わせに遅れそうになりタクシーを利用したら車内にやたらと三国志グッズが置いてあったので「無人の荒野を行くが如く急ぎで」とそれっぽくお願いしたら高速に乗った。

髪が薄い職場のえらい人が以前「俺自分で面白いこと言ったりとかするキャラじゃないし、何かイジれるとこあったらいい感じにやってくれていいからな」と言ってくれていたのでみんなの前で遠慮なくイジったら小声で「女の前で髪のことイジるのやめろや?」と言われたから女の前で髪のことイジるのやめる。

なかなか返事をくれない人に「はいかいいえだけでもいいから返事を下さい」とメールしたら「了解」と返信があって何も分からない。

職場のえらい人「オレ今日弁当なんだけど、嫁が『食べる時まで絶対開けないでね』とか言ってたんだよなー。つか普通食べる時まで開けないだろ、弁当って」僕「気になるんですか?」えらい人「いやいや」僕「開けてみましょうよ」えらい人「いやいや」僕「見ましょうよ」えらい人「いやいやいやいやいや」

少し横になってから縦になります。

今日の仕事プレッシャーすぎて隙を見て休憩所に逃げて来たら、さっき僕に「まあこればっかりは経験だからよ？（ニヤニヤ）」とか偉そうに言ってた先輩が先に逃げて来てて、何かちょっとほぐれた。先輩の担当は僕よりもずっと大変なはずで、そうだよな先輩、いいぜ、オレ先に行ってるぜ（よく出来た後輩）

「返信をもらいやすくするためにもメールでの『？』は二つまでに収めるのがよい」という話に影響を受けた同僚が「先日の件ですがその後進展ありましたでしょうか？？」と送信していた。

じゃんけんに負けて同僚達のごはんを買いに外へ出ました。二月の夜にスプリングコートはまだ寒くて、ぬくぬくのこたつで君とみかんを食べた日のことを思い出します。その後、元気でやっていますか。僕はね、何か大切なものを忘れてしまった気がするんだよ（財布）

仕事でご一緒した紳士に独立から現在に至る経緯を訊いたら、死ぬ一歩手前みたいなやばい話をたくさん聞かせてくれて二人して笑ったんだけど、最後に「よくここまでやって来れたと思います」とか言ってちょっとカッコいい顔するもんだからじんわりきた。男女ならその場で始まってた。

徹夜ばかりしていると身体によくないので、一定時間毎に髪の分け目をずらしていき、**「もう7：3か、今日はここまでにしよう」**といった要領でメリハリをつけたい。周囲も**「そこら辺にしておかないと8：2になっちゃいますよ?」**や**「お前10：0だぞ！ 寝ろ！！」**などと気遣ってくれると思う。

「例えば働かない人に働けと言っても聞く耳を持たないけど、1万円あったら何したい？ みたいに訊いてあげたら返事するよ。前を向かせるってたぶんこういうことだよね」との教えを頂き、いつも仕事の遅い後輩に「早く終わったらその分早く帰っていいよ」と言ったら昼前に帰ってた。何これ！

忙しすぎて職場のえらい人が

「ねこの額も借りたい」

って言った。狭い。

恋にまつわること

遠距離恋愛でなかなか会えなくてけれどやっと会えることになってもう会った瞬間に全裸になるくらいの勢いで行ったけど久しぶりに会った彼氏の眉毛が割としっかり繋がっていて一気に冷めたという話を聞いたから、**男子も眉毛くらいは整えておいた方がいい。**

彼女とラブラブな同僚に「その後どう?」と訊いたら「地面から2㎝くらい浮いてる感じ」と返ってきたから順調なんだと思う。

「なんでもない普通のデートの時にでも花を贈ったりするような男に生まれたかった」と言ったら同僚女子に「**なんでもない普通のデートってなんだよ。デートはいつも特別だろうが**」と怒られた。同僚女子いいこと言う。三年彼氏がいなくて口癖が「枯れそう」だけどいいこと言う。

女心は色々と謎が多くて面倒になるんだけど恋多きモデルさんに「花火しよ？　って誘われたら相手のこと意識する？」と訊いてみたら「相手によるけどあんまり」とのことだった。「線香花火しよ？　ならどう？」と訊いてみたら「あたしのこと好きなのかなとか思う」とのことだった。勉強になります。

意中の人にタイプを訊いた時、自分に当てはまらない答えが返ってきたら当然アウトとして、「好きになった人がタイプ」的なやつも実は結構アウトなサインだと聞き、過去を振り返ってみたら余裕で9回ゲームセットだった。つらい。

後輩男子の恋バナを聞いていたら「自分では太い太い言ってるくせに痩せろって言ったら怒り出すじゃないですか？　だから、お前をおんぶする俺の気持ちも考えろって言ってやったんですよ。そしたらまた怒って、でもそのあと機嫌よくなって、**ホント分かんないですね、女**」とか言い出してカッコよすぎた。

こんなタイプは無理的な話になったんだけど一人が「一緒にいる時にスマホばっかいじる人は本当に無理。あと鼻歌を歌い始めてこっちが話しかけても歌うのをやめずに『～♪（頷くｏｒ首を振る）』みたいに答える人も本当に無理」と言っていて手叩いて笑った。分かる。

昔、友人男子がすきな女子に電話で告ったんだけどそのやり方が「今からある曲をかけるけど黙って聴いて、これが俺の気持ちだから」みたいなのだったの思い出してよく分からないけど腹が立ってきた。

定食屋で向かいのテーブルにカップルがいたんですよ。彼女の納豆を彼氏が混ぜてあげていたんですよ。ああ、僕がもし女に生まれていたとしてもここまでやさしくされるのは嫌だなあって思ったんですよ。でも彼女は「もうちょっと（混ぜて）」って言ったんですよ。仕方ないって思ったんですよ。

後輩が彼女から「しばらく距離を置きたい」と言われて渋々ＯＫしたらしいのだけど「ｉＰｈｏｎｅで『バッテリー残量が少なくなっています』って警告があるじゃないですか？　アレ、了解ってボタンをタップしないとそれ以上どうにもならないじゃないですか？　その時の感じです」と言うのでビールおごった。

女性誌には「男性は女性の『初めて』に弱い生き物です。行ったことない、食べたことない、したことない、などはどんどん言いましょう」的な恋愛術がわんさか載っているという話を聞いてもう何も信じない。

「キスしようとしたら相手は目を閉じるだろ？ だが待て、放置だ。ん？ となって目を開くだろ？ いいか、そのタイミングでGOだ」とホストの知人に教わりましたので皆さんもお試しください。

かわいすぎるモデルさんが一年以上彼氏がいないらしいのだけど、かわいすぎて気軽に声をかけられない感じがあるし、頑張ってみたところで相手にされそうにない感じもあって分かる気がする。

気まずい空気になるのも嫌だし手料理へのダメ出しって難しいと思うんだけど、プレイボーイな知人が言っていた解決策は**「腹を空かせて行く」**だった。まあね。ちなみに服装へのダメ出しもしなくて、理由は「脱がせたらみんなかわいい」だった。はい。

彼女とラブラブな同僚が「好きすぎてつらい」ばかり言うので「つらいなら別れろよ」と言ったら少しの沈黙のあと「好きすぎて胸が締めつけられる」と返してきた。カッコいい。

同僚男子が「いつもきれいなカッコしてるかわいい子をアウトドアデートに誘ったら動きやすい服や靴で来てくれたんだけどそれが妙にダサくてなんか冷めた」的な話をしていてちょっと分かると思った。

結婚したい彼に「俺のどこがすき?」と訊かれたら「名字」と答えればいい。

モデルさんが彼氏と夢で会えたことを「おやすミーティング」と表現していてａｎ・ａｎで取り上げられそう。

同僚女子が彼氏とのお出かけでお弁当を作る予定だったのに寝坊してしまい具無しおにぎりのみで挑んだらしいのだけど「ほら、すきな人と食べたら何でもおいしく感じる的なのあるでしょ?　でもおいしくて安心した。すき!（笑顔）」で余裕だったとのこと。お試しください。

休憩の時に同僚女子がマフラーを編んでいて、彼氏の?　と訊いたら返事もせずに僕の首に巻き付け、「うーん、もうちょっとかな。ありがと」とまた編み始めた。長さの確認なのだろうけど、顔や唇が急に近くに来てドキドキしたし、無防備な人ってかわいいなあと思った。

発車間際の新幹線のホームでキスしてるカップルがいて「あー分かるわー俺も昔はそうだったわー」と思ったけど、結局どちらも乗車しなかったからおかえりの方だったのかもしれない。あーもっと分かるわー。いいわーそういうのいいわー。

同僚女子が二人の男子から言い寄られているらしいのだけど、一人は向井理似のブサメンで、もう一人はカピバラ似のイケメンで、少し迷ったけれどカピバラとごはんに行くことにした、とのことだった。カピバラに負ける向井理、向井理に勝つカピバラ。**「〇〇に似ている」は当てにならない。**

泣ける話で盛り上がっていたら一人が「ボロアパートだから壁が薄くてやる時の声が丸聴こえなのよ。で、悪いなと思いつつも彼女の口にガムテ貼ってやってて。最初は嫌がってたけど聴かれるのも嫌だし我慢してくれてて。でもこの間彼女が自分からガムテ貼る姿見てたら泣けてきてさ」と言って全員泣いた。

女子の誘い方の話で盛り上がっていたらモデルさんが「今度飲みに行こうよって誘って来る人はまだいいけど、今度ワイン飲みに行こうよって誘って来る人は下心の鬼が多いから注意してる」と言って男子クルー全員が黙った。

規格に基づいた発想しか出来ないの未熟すぎて自分でも嫌になるけど、ケンカになっても途中で投げたりせず一生懸命分かり合おうとするし、料理はヘタだけど「テレビでも観てて？」とか言いつつ洗い物は出来るから愛して欲しい。

出勤途中自転車のチェーンが外れて困っている女子がいたので直してあげたら「お礼をしたいのでよかったら連絡先を教えてください」というなんともドラマ仕立てな展開を迎えるも「大丈夫ですから」とだけ言い残し立ち去ったシャイで不器用で彼女いない歴＝年齢な同僚男子に朝ごはんをおごるので遅れます。

恋多きモデルさんが些細なことでも**「二人だけの秘密ね」**と言ってくるのだけどきっとこれも何かのテクニックだと思うので進展させたい案件がある人は試してみてください。

「僕はね、脳が眼球ほどの大きさしか無いんだ。だから、大切なことも忘れてしまう。笑っちゃうだろ？　でも、君のことは忘れない、忘れたくないんだ。あのね、飛べなくてもいいかな？　時速60キロでさ、想いを君に走らせるから。ほら、大きな足音で駆けてゆくよ、ドキドキ！　ってね」ダチョウの恋。

ドMなあまり彼氏のことを飼い主様と呼んでいた子から届いたメールの件名が「野良です」だったから別れたんだと思う。

ダイエットに成功したモデルさんが「ほら、どう？　ね？　でしょ？」とみんなにウエストを触らせていたのだけど、流れ的にいって次は僕の番だったのに素通りして、おや、これはいつか恋愛マニュアルで読んだ「本命に敢えて冷たくすることで気を引く」パターンでは？　と考えるタイプのポジティブ。

昔付き合ってた人が「二度寝すればかなりの確率で夢の続きを見られる。だから夢に（僕が）出てきた時は遅刻ギリギリまでもう一回寝る」的なことを言ってたの思い出してほっこりした。いいやつだったから幸せになってて欲しい。

「目が合うとニコッとしてくれる女子はかわいい」という話をしていたらモデルさんが「昔すごい好きだった人がいて、まあフラれちゃったんですけど。目が合うといつも鼻を膨らませて笑わせようとしてくれたんですよ。やさしかったなあ」と言って切ない顔をしたので鼻筋を鍛えますね。

前にいるカップルの彼氏の方が何も言わず彼女の手を取りポケットに入れました。確かに今夜は冷えます。彼女は少し驚いた様子で彼氏の顔を見たけれど、彼氏は一瞬目を合わせただけですぐに別の方を見ました。彼女は下を向き足をブラブラさせました。とてもうれしそうでした。帰ります。

心を許していないのに
身体を許す現象と
「キスはダメ」の関連性を
調べていく内に、
キスはダメ→キスは唇→唇は言葉
→言葉は心、
にたどり着いたんです。

同僚男子と同僚女子の「人生山あり谷ありとか言うけど俺の人生谷ばっかだわー」「あたしもー」「……（チラッ）」「なに?」「山も谷も無い」「胸見んな」「山が無いと谷も無い」「おい胸見んなって」なんてやり取りをこの二人付き合えばいいのにという思いで眺めてる。

「恋人が居ないのは
まだいいとして終わってて好きな人も
居ないって終わってない?」
と友人に言われたんですけど
終わってるってなんですか!!!
始まってない
だけです!!!!!!

昨日男子達と飲んだ帰りに「じゃあまた」なんて言いながらハグをしていたのだけど、一人がハグからのちょい持ち上げ（20センチくらい）をしてきて、不覚にもキュンとなったので皆さんも使っていけばいいいと思います。

「彼氏が服飾の仕事をしていて、新しい季節が来る度に世界で一着の服を作って贈ってくれる」という話を聞いて、「じゃあいつかはウエディングドレスも？」と我ながら気の利いた返しをしたんだけど、その人、黙って宙を見上げただけで何も言わなかったから映画のワンシーンだった可能性ある。

もう少しで
付き合えそうな子が居たものの、
女子の扱いがよく分からず
「とりあえずかわいいって
言っとけばどうにかなる」
との教えを頼りに
なんとか凌いできたけど、
手料理が全然ダメで、
けれどマズいとも言えず、
追い詰められて
かわいいを連発したら
距離を置かれた同僚
かわいい。

電車で向かいの席のイケメンが隣の女子に「どこまでですか?」と声をかけた。ナンパだー！　とドキドキしていたら「○○ですけど」「悪いんですけど△△で起こしてもらえませんか?」となり、何だ単に眠い人だったのかと思っていたら、降り際にキメ顔（無言）で名刺渡してた。上級のナンパだー！　逃げろー！

恋多きモデルさんが、好きになり付き合ったのだけど相手が元カノとヨリを戻してしまい短期間で別れるハメになったことを「通り雨みたいなもん、ちょっと濡れただけ」と言ったのおしゃれだった。

同棲中の知人にそれ以前と比べて何か変わったことがあるかを訊いたら「貯金が増えた」とのことだった。減ったものは会話、デート、セックスらしく、恋愛感情はあるのかと訊いたら「前三文字が無くなった」とのことだった。なるほど。

付き合って○ヶ月的なこと言うと「一番楽しい時だね」みたいに返してくる人がいるけど「一年とか超えても今が一番楽しい時ですから」と意地っぽく言ったとしても「若いねえ」みたいに余裕をぶっこいてくるので道に落ちているにしては大きめのうんこを踏んで欲しいなあって思うんですよ。

友人の彼女がワガママひとつ言わない謙虚な人らしいのだけど、「いいお嫁さんになるからどうぶつの森を買ってください><」と珍しくおねだりしてきて、なんだそんなものでいいのかーと買ってあげたらしい。いやそんなものって！結婚もセットでおねだりしてますよね！してますよね！

「もっと上手くなってもっときれいに撮ってあげるからね」と僕が言いますので、君は「あたしももっと頑張ってもっときれいになるね」と返してください。そこでシャッターを切ります。

「好きな人の寝顔見たいから好きな人ほしい」なんて言ってたら妻子持ちの上司が「お前、チャラいイメージあったけど実は結婚向いてんじゃないの？嫁の寝顔もそうだけどさ、子供とかもっとすごいよ？見るだけじゃ済まないよ？舐め回したくなるよ？」と言ってきた。何それやばい、興味あります。

「外見がタイプならケンカしてムカついても見てる内に勝手に許せてくる」という話がとても印象に残っているのだけど、逆で言うと「外見がタイプじゃないとケンカしてなくても見てる内に勝手にムカついてくる」になるのかもしれずとてもこわい。

【関西弁言えるかな】

「あたしもせやなって言ってみたい！」

「どしたん急に」

「だって関西弁カッコいいじゃん」

「よっしゃ、ほな俺が正しいせやなの使い方を教えたろ」

「わーいありがとう！」

「せやなで返してみてな」

「うん頑張る！」

「お前、俺のこと好きやろ？」

「……せやな//／」


「もし攻撃魔法の名前が『キライ』だったら回復魔法は『スキ』か。『アイシテル』とかいいな。MP全回復もあり得る」なんて話で盛り上がっていたら年上女子が「じゃあ混乱魔法は『アタシナンサイニミエル』だね」と言って男子グループAに沈黙の効果。

花屋で買った花をその場で店員に贈るというドラマチックなシーンを目の当たりにしてうおお！　となったけど贈り主が去ったあと店員が花を売り場に戻していたから花屋に花を贈るのはやめた方がいい。

遠距離恋愛をしている女の子がいるんだけど、さっきからずっと彼氏が住む地域の天気予報を調べてる。ニヤニヤしてみたり、ほっぺを膨らませてみたり、まあその様のかわいらしいこと。「会いに行くの？」って訊いたら首をブンブン振って「趣味！」だなんて言うし、全く。愛されるって幸せ、愛するって幸せ。

「ゼクシィって5キロくらいあるらしいんだけど手に取ったとき重いって感じるなら結婚向いてないよ」って離婚した人が言ってた話めっちゃ重い。

彼氏らしき人が彼女らしき人にブーケを手渡して「花屋が出来てたから」「え！ うれしい！」「うん」「どこに出来てたの？お花屋さん」「いやどこと言うか」「ん？」「まあ何て言うか」「……ふーん（笑顔）」「……はい（照）」みたいになってたけどたぶん花屋出来てないし彼氏かわいい。

以前ある女子が「女は押せば大体何とかなる」と言っていたのですがこれは本当なのでしょうか。何とかならない時は押しが足りないということなのでしょうか。そもそも押すとはどういうことなのでしょうか。用も無いのに「こんばんは！」とかＬＩＮＥすることでしょうか（大阪府・男性）

知人カップルの
過去最大の危機は、
ヒステリーを起こした彼女が
号泣しながら包丁を持ち出した
時だったらしい。
慌てた彼氏は目の前にあった
ティッシュの箱を手に取り
応戦しようとしたが、
その滑稽な佇まいに
彼女が思わず吹き出し
事なきを得たという。
さすがはティッシュ、
涙も拭ける。

雑感

ラブホからのメルマガに「年末年始は鍋（2、3人分）のサービスあり！」と記載されていたので3人で行きたい。

失敗を引きずっている人が「終わったことをくよくよしても始まらないよ」と言われて、意地っぽく「じゃあくねくねは?」と返して、「ちょっとやってみて」となって、実際にくねくねして見せたら場が笑いに包まれた。くよくよしても始まらない。

ベージュのパンティーだけはトキメかないなんて話をしていたら「何も穿いてないみたいに見えて一瞬ドキッとするけどな」と言われて「えっ」「えっ」ってなった。

「布団とか枕とか以外も抱きたい」と言ったら「じゃあアレは、夢とか大志とか」と勧められて最高だった。

「大事な人がいます」と書いておけば、付きまとわれる率が低くなるらしいので女子はそうしておけばいいんじゃないですか。

スーパーで買い物をしたらレジの子が新人さんだった。慣れない敬語をカミカミになりながらも一生懸命言われるとキュンとなる。スキャンが終わったあとの「袋はご利用ですか?」が「お袋はどうですす?」だったので母の体調を気遣われたみたいになった。「大丈夫です」と答えた。前略お袋、その後どうですす?

疲れすぎて無意識に**【一寸先は闇】**をググってたんだけど、「ほんの少し先のことも全く予知できないことのたとえ」とあって、まあよ、となって、一寸をググると3・03㎝とあって、ああ、キスからの鼻先で戯れてからの愛のささやきからの次はちょい強めのキスな距離感かと思ったら気力みなぎった。

中高生諸君には信じ難いことかもしれませんが、大人の世界では普段聴きもしないくせにセックスの時だけダンスミュージックを流す人々がいて、僕は彼らを「ベッドでおど郎」と呼んでいます。

「マフラーぐるぐる巻きなのに生脚な女子を男子に置き換えたらマフラーぐるぐる巻きなのにタンクトップ」まで考えて満員電車で含み笑いが止まらない助けて。

ハズレの宝くじを燃やしてＢＢＱをするという集いに誘われて、あまり乗り気ではなかったのだけどイベントタイトルが「夢の続き」だと聞かされて快諾した。

バイクで出勤しようと思ったらシートの上にねこが乗ってたから電車にした。
「来ちゃった／／／」
みたいな顔してた。そういうの困る。

ＬＩＮＥグループに「最近毎日お菓子食べてる気がする」と送信したらモデルさんが「ごはん作ってあげたいです」と返してくれてテンションが上がりました。個別に「カレーがいいです！」と送信しました。けれど反応がなく、今とても恥ずかしい気持ちです。どうしたらいいでしょうか（大阪府・男性）

長文メールの最後に「尻滅裂でごめんなさい」とあったけど、もしかすると痔のカミングアウトだったのかもしれない。

マグロは泳ぎながら眠るけど

君はベッドに行きなさい

夢で泳ぎなさい

ただし潜りすぎないで

深いところにいる人たちの顔　見たらちびる

闇という名前なんだよ　こわいよね

それと　これは聞こえない

フリでいいから聞いて

隠れて泣かないで

おやすみね

思ったこと

「無料通話ツールがなかった頃は話の途中で相手が寝ちゃったりするの、贅沢なことだったんだぞ」という話がとてもよかった。お金を払いながらもう少し寝息を聴いておく感覚に幸せの在り方を見た。

「朝はバタバタしてて心も穏やかじゃないから寝る前に下書きしてるの。途中で寝ちゃったりするんだけどね、えへへ」というおはようメールの秘密を教えてもらって恋したくなった。

今日で最後だった先輩をみんなで見送ったのだけど、先輩、別れ際に何か言おうとして、でも何も言わなくて、ニッと笑って手を振って行った。じんわり来た、いい仕事をしていこうと思った。

カップル写真を撮る度に思うけど安心感を湛えた人の表情は最高。

自分宛ての手紙が届くうれしさだけは死ぬまで変わらないと思う。

身に付けるタイプのプレゼント選びはサイズや好みがとても難しいので出来れば一緒に見に行って欲しいのだけど、内緒にしておきたい気持ちもあって、もー！　もー！となるけれど、それも含めて楽しいので許す。

近況を教え合ったりするの、やっぱ楽しいな。頑張ってる話を聞けたら負けてられないと思えてやる気出るし、頑張れてない話なら励ましてあげたり出来る。まあ、励ましてるつもりが途中から自分に向けて言ってたりしちゃうんだけど。

自分探しの旅は自分と同じくらい大切だと思える人を見つけたらあっさり終わったりするので油断ならない。

寂しくて眠れないのって、あたたかいお風呂に入ってあたたかいごはんを食べてあたたかい布団に入ってもまだ無理だったりするから贅沢。

エベレストかと思ったら別れたあと改めてお礼を送信してくる人の好感度だった。

元気を与えられる人ってカッコいい。本人はそれを意識していなかったりして更にカッコいい。

例えば、ヒールだと
速く歩けないじゃないですか。
合わせるじゃないですか。
「おなかすいた」や
「トイレ行きたい」って
言い出しにくいじゃないですか。
訊くじゃないですか。
何て言うか、当たり前だと
思わないで欲しいんですよ。
好きだから気が付くんですよ、
思いやれるんですよ。

割り切れない気持ちに
なるだなんて変なの。
偶数なのに変なの、
二人って変なの。

僕だけを見てくれなんて気持ちは自信の無さの現れで、本当なら「僕以外も見た上で決めてくれ」なんて言ってみたいですよ。カッコなんてものはね、余裕のある人間がつけるものなんですよ。泣いてなんかないですよ、これは目の鼻水です。

「あたし何やっても上手くいかない…ぐすん」「…でも僕を見つけた」これドヤ顔でやりたい。

女子は恋をするときれいに
なるけど、男子の恋は
どうなのかな。
台詞はきれいになりそう。

例えば付き合いが長くなると「ん」と言うだけで醤油を取ってくれたりして、分かり合える関係っていいなあと思うんだけど、お礼みたいな大事な台詞まで「ん」で済ませちゃったりして、そういうのよくない！（とおせんぼのポーズ）

たかが「一番じゃなきゃ意味がない」程度の言葉に「君の」と付けるだけで色々と高まってまあ何と言うか好きな人に好かれたいのです。

「彼女が人差し指にしていた指輪が自分の小指にも入らなくて、そっか、手、小さいんだなと思ったら無性に愛おしくなった」という話を聞いて、いかにもな男子っぽさが好きだと思った。

「愛おしい」は「守りたい」だ。いいな、守りたいって思いたい。

二年ぶりくらいでご一緒したみなさんといい仕事をして「次はいつになるか分からないけど、みんなそれぞれのやるべきことをやってもっとよくなって、また一緒にやれたらいいよね」みたいな話になってじんわりきて頑張ろうって思った、思えた。

気付いたこと

お湯や鍋が沸くのを待ちながら何か（本読んだり）してる時にささやかな幸せを感じるの、自分でもよく分からないけどささやかな幸せ。

夏のせいにして始まったり、秋のせいにして終わったり、身勝手な話だなあと思うけど、何も無いよりかは楽しくてよい。

贈り物、選んでる段階で楽しさの7割くらいいってる。

自分とは違う分野の人の話を聞くの楽しい。自分とは違う考え方を知るの楽しい。

話を聞いてくれる人がいるって幸せなことだな。

嫌なことは寝たら忘れられる性格になりたいと思ったけど、いいことが起こると嫌なことなんて勝手に忘れられてるし、毎日いいことが起こりたい。出来れば自分で起こしたい。

夢みたいなことばかり言ってても夢は夢のままで終わるし夢のないことばかり言っててもやっぱり終わるからちょうどいいくらいの熱でもって人肌くらいの温度でもって死なないようにすること捨てないようにすること育むこと持ち続けること。

連れ添ってからの「花は咲き切ったけど枯れ方にも興味があるから」カッコいい。

「好きになってくれてありがとう」
に立ち返ると
素直な自分に会える。
忘れがち、忘れたくない、
忘れない。
好きになってくれてありがとう。

「最近何かいいことあった？」に「今」と答えるの反則。

写真を撮ること

人を撮るの昔も今も変わらず楽しくて救いみたいな感じある。

空を青く撮りたいなら太陽を背にするといいですよ。順光ってやつです。

思い出も写真に残したいと思ったけどそれこそが写真なのだった。

瞼の奥、実際はなかなか焼き付いてくれないから写真があって本当によかった。

写真をやっていてよかったと思うのは、人を美しくしてあげられることです。
本人すら戻ることの出来ない過去を他人である僕が預かり、美しくして返すのです。
ハードディスクの中にあるいくつもの、何人もの永遠の今日がたまらないです。
いいことした、いいことしてる。

うれしかった言葉も
楽しかったできごとも
いつか忘れてしまうから
写真を残したい。

ごはんの写真は撮るくせに会った人と一緒に撮っておかないの、どう考えてもおかしいと言うかもったいない。

もう会えない人と並んで写っている写真のこと、愛しいと思う。
戻れないけど戻れる。
撮っておいて本当によかった。
記しておいて本当によかった。

おわりに

読み書きが好きな人なら自分の書いた文章が本になる夢を一度は描いたことがあると思う。昔、趣味でやっていた詩ブログがそこそこのアクセス数を稼いでいて、まあ何と言うか、若干調子に乗っていた。「本にして欲しい」的なコメントを頂くこともちょくちょくあった。じゃあ本にしてみるか！　僕は調子に乗っていた。

書籍化に向けて色々と調べてみた。まとめると「ただでさえ本が売れない時代に無名の人間が書いた詩集なんか誰が買うの？　売れる訳ないんだからやめときなね？　そもそもどこの出版社も相手にしてくれないよ？　どうしても本にしたいんだったら自費出版ってやり方もあるけど、クソ高いお金を払った挙句に書店にも並ばずで在庫だけ抱えて、最後は友達とか親戚とかにタダで配って終わりになるけど、それでもいい？　まあ記念にはなるけど、いい？」だった。僕は夢見ることをやめたし、調子に乗ることもやめた。それでも詩ブログはもう少し続いた。短い文章の中に物語を詰め込む作業が好きだった。

Twitterを始めたキッカケは、好きすぎてつらいくらいに好きだった彼女にフラれたことだった。長く引きずっていたこともあり、未練がましいツイートをダラダラとしていた記憶がある。何だったら今でもちょっと好きなので、もしこれを見ていたら連絡をくだ

（略）

　フォロワーが数万人を超えた辺りから色んな連絡が来るようになった。まず本業である撮影のご依頼が増えた。失恋もしてみるものである。ツイートがウェブや誌面で取り上げられたり、僕自身が取材を受けたり、イベントに呼ばれたりもした。書籍化のお話も頂くようになった。そう、いつかの僕が諦めたあの書籍化である。おお！　夢よもう一度！けれど、僕の本が世に出ることは無かった。作家でもない自分が本を出せるなんて一生に一度あるか無いかのことだと考えていた僕は、やり直しがきかない一度の機会を「記念本」で終わらせる訳にはいかず、そのために掲げるいくつかの条件を満たすものでなければ受けないと誓っていたからだ。僕は、夢にまで見た書籍化の話を断り続けた。

　KADOKAWAの編集者を名乗る人から最初に連絡があったのは昨年の秋のことだった。その人は、これまでの誰とも違っているように思えた。すぐに上司の許可を取り付け

ると、新幹線に飛び乗り僕の住む街まで会いに来たのだ。また、僕の条件の中には多くの時間や経費を要するものもあり、きっと簡単ではなかったはずなのだけど、その人は全てを受け入れた上で、僕の本を作りたい、僕の本の編集がしたいと熱っぽく言った。そんな風に受け入れてしまってあとで上司に怒られなかったのだろうか。いや、のちのある段階でお会いすることとなった上司もノリノリだった印象がある。ここは、これまでのどことも違っているように思えた。僕の胸は大いに揺さぶられ、お世話になることを決めたのだった。

本書の出版に際してお力添えいただいた全ての皆様に心からの感謝を申し上げます。民人さん、夢乃さん、麻衣さん、菜奈さん、Saoriさん、次、いつ会えますか。最後までご覧くださった皆様、日頃より僕の独り言にお付き合いくださっている皆様、いつか会えますか。会えたら迎えますから、「このくらい」の両手で迎えますから。

蒼井ブルー

STAFF

撮　影	蒼井ブルー
モデル	小松菜奈
スタイリスト	小川夢乃
ヘアメイク	小澤麻衣(mod's hair)
ブックデザイン	渡邊民人・小林麻実(TYPEFACE)

撮影協力(※五十音順)

ヌークストア(ヌークアンドクラニー)	☎03-6416-1044
ババコ	☎03-6300-5137
モールド(チノ)	☎03-6432-7601

〔著者紹介〕
蒼井　ブルー（あおいぶるー）
大阪府出身、フォトグラファー。きゃりーぱみゅぱみゅ等のファッションアイコンを収めたストリートスナップが話題を呼び写真業界へ。独特のタッチで綴られるツイートがゆるくておかしくてじんわり泣ける。

僕の隣で勝手に幸せになってください　（検印省略）

2015年3月19日　第1刷発行

著　者　蒼井　ブルー
発行者　川金　正法

発行所　株式会社KADOKAWA
〒102-8177　東京都千代田区富士見2-13-3
03-5216-8506（営業）
http://www.kadokawa.co.jp
編　集　中経出版
〒102-0071　東京都千代田区富士見1-8-19
03-3262-2124（編集）
http://www.chukei.co.jp

落丁・乱丁本はご面倒でも、下記KADOKAWA読者係にお送りください。

送料は小社負担でお取り替えいたします。

古書店で購入したものについては、お取り替えできません。

電話049-259-1100（9：00〜17：00／土日、祝日、年末年始を除く）

〒354-0041　埼玉県入間郡三芳町藤久保550-1

DTP／タイプフェイス　印刷／シナノ　製本／越後堂製本

ISBN978-4-04-601138-1　C0076